颯の太刀

好敵手

筑前助広

角川文庫
24466

目次

序章　人斬り嫌い

1

（あの雲に乗れりゃ、いいんだがなぁ……）

と、仙波迅之助は紺碧の春空に浮かぶ、綿雲を眺めながら軽く溜息を吐いた。
心地良い風に吹かれ、西から東へと流れている。あの雲はいずれ蓮台寺まで辿りつくのであろうし、ひょいっと乗れたなら、どんなに楽なことか。

東海道は鞠子宿と府中宿の中間に流れる、安倍川の河川敷である。青々とした若草の上に仰臥した迅之助は、誰に聞かせるわけでもなく「いっそ、雲になりたいもんだ」と独り呟いてみた。

雲になれば、三千世界の煩わしい厄介事に悩まされることも、嫌いな野郎に頭を下げることもない。何物にも縛られず、風に吹かれるまま西に東に流れる暮らしは、自由気儘を愛する迅之助にとって憧れるところだ。

仙波家は、蓮台寺藩でも上士に部類される家柄で、迅之助はその四男坊である。父の和泉はぼちぼち隠居をと考えていて、家督を継ぐ長兄には既に嫡男がいる。この状況で養子に入らなければ、迅之助に待っているのは〈厄介叔父〉という肩身の狭い立場しかない。

さりとて婿養子として他家に入り、義父母と嫁の顔色を窺いつつ、退屈な城勤めに励むなど真っ平御免。そうした窮屈な行く末を嫌い、何とか己の力で身を立てようと迅之助が選んだのが、剣だった。

ありがたいことに、才能には恵まれた。小野派一刀流の道場で基礎を培い、それから父の命を受けて鷲塚旭伝の鬼眼流の門下へ移った。

旭伝は首席家老・執行外記の側近で、撃剣師範。父は外記の派閥に与しているので、恐らく政治的な意味合いで我が子を旭伝の門下に送り込んだのだろう。

どんな目論見があったとしても、実戦的な剣術つまり斬人術としての強さだけを追求した旭伝の姿勢には憧れたし、同じ志を持つ剣士が集う道場の水も合った。

厳しい荒稽古で腕を磨き、今では鷲塚道場を代表する高弟の一人に数えられている。こうして旅へ出られたのも、剣の腕前を藩に認められたからだ。

人材の育成を名目に、外記から廻国修行を命じられたのは、昨年の松の内が明けた頃だった。東海道を上って、大坂や京で稽古を積んだ後、土佐や長州、福岡、久留米、肥後と各地を巡った。

この一年、心躍る毎日だった。剣だけではなく、様々な土地の風土や食、文化、そして人を知ることが楽しかった。それゆえに旅の終わりが見えてくると、気持ちも鬱々として、故郷へ帰る足も自然重くなる。

迅之助は、もう一つ大きな欠伸をしてみた。憂鬱なことを考えていても、晴れた日は気持ちの良いものである。午後の穏やかな日差しと、鞠子で味わった名物とろろ汁の満腹感が、心地良い眠りに誘う。

（まぁ、ここでひと眠りもいいさ。急いで川を渡ることもあるまい）

安倍川には橋を架けることを許されておらず、川を渡る者は川越人足を雇い、輦台や肩車などで、川を越えなければならない。その人足たちは暮れ六つまで渡しをしているというし、対岸はもう府中である。

そうした迅之助の微睡みを遮ったのは、幾人かの男たちが言い争う声であった。どうせ川越人足か破落戸たちの喧嘩であろうと無視を決め込もうとしたが、どうにも耳障りで煩わしい。

迅之助は舌打ちをすると、億劫そうに声のする方を一瞥した。

河川敷の土手の上、土地のやくざ者と思わしき男たちが、白衣の巡礼者を取り囲んでいる。

巡礼者は、富士講か村山修験か。どちらにせよ、富士へ詣でる途中に見える。巡礼者たちは必死に詫びているが、やくざ者たちは聞く耳を持たず、一方的にまくし立てている恰好だった。

（まったく、仕方ないね……）

迅之助はのっそりと身を起こすと、土手を登り「おい」と声を掛けた。

「人が気分良く昼寝を決め込んでいるというのに、キャンキャンと煩いったらありゃしねぇ」

そう言うと、やくざ者たちの視線が一斉に向いた。

三人。そして、全員がまだ若い。二十二歳になる自分より、幾つか下というところだろう。迅之助はお構いなしに、やくざ者と巡礼者の間に割って入った。

「一体どうしたんだい？」

「あっちに行ってろ、三一。てめぇにゃ関係ねぇだろ」

破落戸の中で、一番若そうな男が言った。最も年嵩で、兄貴分と思われる男は腕を組んで迅之助を見据えている。

兄貴分だけあって、その眼光に込められた迫力は十分だった。人殺しも厭わない立派な悪漢という、そんな雰囲気もある。

その男の、ピシッと着込んだ縦縞の着流しが泥で汚れていた。恐らくこれが、悶着の原因なのだろう。

「揉めている理由はわからんが、こうして謝っているじゃないのさ？　ここは一つ、寛大な心で許してやれよ。おたくら、漢を売る商売をしているんだろう？」

「素人が適当に言ってんじゃねぇや。こいつらは、兄貴にぶつかって大事な一張羅を泥だらけにしたんだぜ。だから、俺たちは洗濯代を要求してんのさ。まぁ銭がねえってんなら、そっちの女房で払ってもらってもいいんだがねぇ」

やくざ者たちの表情に、下卑た笑みが浮かぶ。巡礼者の一人は、どうやら女だったようだ。迅之助は巡礼者夫婦に目をやって、「本当かい？」と訊いた。

「へっ、へぇ……。あちらの辻で、女房がそちらの親分さんと出合い頭にぶつかってしまったのでございやす」

そう答えたのは、夫の方だった。女は俯いて、肩を震わせている。

「なるほど。そいつは災難だったね。でもさ、ぶつかったぐらいで盛大に転ぶなんぞ、どんだけ軟弱だよって話じゃないか。おたくら鍛え方、足りてねぇんじゃないの？」

「おいおい、あんた、それ本気で言ってんの？」

「本気も本気。俺は嘘だけは言わねぇと、虫の息だった母ちゃんの枕元で誓ったのさ。まぁ、その母ちゃんは持ち直して、今はピンピンしているけどね」

四人の眼に、闘気が満ちていく。それでいい、と迅之助は思った。この巡礼者夫婦を救うには、これが一番手っ取り早い。

「俺たちが、ここら一帯を仕切る明神の勝五郎一家ってのを知らねぇのかい？」

「生憎、俺は田舎者なんだよ。堅気に手を出す半端者なんぞ、知らねぇなっ」

と、迅之助は大きく踏み込むと、兄貴分の顎を掌で打った。崩れ落ちる襟を摑んで、顔面に膝を叩き込む。

「野郎っ」

破落戸が、殴りかかってくる。その拳を払って、顔面に肘を打ち下ろす。一つ、二つ。おまけに、もう一つ。白眼を剝いたその身体を押し退けると、蹴りが飛んできた。

足を摑み、頭突きを喰らわせた。鼻の骨が潰れる嫌な感触。血が噴き出し、顔面を抑えて倒れ込んだ。更に、顔を蹴り上げる。それで、三人は動かなくなった。

「ざっと、こんなもんか」

大きく息を吐くと、迅之助は巡礼者夫婦に目を向けた。

頻り(しき)に頭を下げて礼を言っている。迅之助は苦笑して、片手を挙げた。

「礼などいいんだよ。俺は昼寝を邪魔されて、むしゃくしゃしていただけだしね。それより、こやつらが目を覚まさぬうちに早く行くといい。まぁ、こいつらの眼中には、もう俺しか映らんだろうけど」

2

奇妙な来客があったのは、その日の夜のことだった。

府中宿の適当な旅籠(はたご)に宿を取り、あてがわれた二階の一間で、塩辛いだけの干し魚で丼飯をかき込んでいると、襖(ふすま)の外から「もし」と声を掛けられたのだ。

旅籠の者かと思って返事をしたが、そこで控えていたのは到底そうは見えぬ総白髪の老爺(ろうや)だった。

知らない顔だった。穏やかな笑みを湛(たた)えた老爺は、商家のご隠居という雰囲気があり、迅之助が箸を止めて目を向けると、老爺は悠然と平伏した。

「仙波迅之助様でございますね」

面を上げた老爺は、ゆっくりと言った。その声は、表情や態度に見合う、落ち着き払ったものだった。

「わたくし、徳前屋庄兵衛と申します。名前ぐらいは耳にしたことはおありかと存じます」

徳前屋。その名前を、迅之助は知っていた。蓮台寺の御用商であり、河川舟運を一手に握る奸商。執行外記、楽市の鍬蔵、そして徳前屋庄兵衛。蓮台寺を牛耳るこの三人は、〔蓮台寺の三奸〕などと呼ばれている。

「ご老公の噂は、嫌というほど父に聞かされておりますよ」

「嫌、というほどですか……ふふ。それは光栄でございますな」

と、庄兵衛はにんまりと笑んで頷いた。だが、そこに真がこもっていない。三奸と呼ばれる男なのだ。微笑み一つだけで、何とも言えぬ凄みがあった。

「ところで、巡礼者の男女をお救いするのを拝見いたしました。いやぁ、あれこそ武士の鑑。わたくしなんぞが武士たる者の責務など存じませぬが、流石は蓮台寺の侍よ、と感服いたしました」

「そんなんじゃないさ」

　武士たる者の責務などという、甘い幻想など持ち合わせていない。むしろ、そんな責務を全うしている武士が、当世どれほどいようか。少なくとも、上に媚(こ)びへつらって我が身の行く末しか考えていない父に、その責務を果たそうという姿勢は見られない。武士だのなんだの関係なく、俺は俺自身が〔そうありたい〕から助けたまでなのだ。そして何より、殴り合いの喧嘩(けんか)が好きなだけでもある。

「しかし徳前屋さんと、こんな場所で会えようとは。商用ですかね？」

　その問いに、庄兵衛は首を横にした。ただ、その表情は意味深なものがあり、善からぬ思惑があることは明らかだ。

　迅之助は素知らぬ顔で湯飲みを呷(あお)りつつ、次の言葉を待った。まだ膳(ぜん)は食べかけだが、この状況で箸を動かせるほど、自分の肝は太くはない。

「失礼とは存じますが、仙波様は御家のことをご存知ないのでございますな」

「この一年、国許(くにもと)とは連絡を断っていますからね。旅をしていると、蓮台寺の『れ』の字すら聞きません」

　庄兵衛は、「それも当然だ」と言わんばかりに頷くと、「蓮台寺にて、政変が起きたのでございます」と続けた。

「それは穏やかではございませんね。政変というからには、ご家老が失脚されたというわけですか？」

「失脚ではございません。捕縛され、首を刎ねられたのでございます」

「あの執行外記が死んだ？　誰がそんなことを」

蓮台寺に於ける執行派の権力は、巌のように強固なものだった。軽輩から成り上がり、門閥を打ち破って政権を奪った。その力は、藩主家にすら勝ると言われるほどである。

権力の怪物。それが外記に抱く印象だった。その男を倒すような人材が、家中にいるとは思えない。

「少弐茉名様でございます」

「冗談でしょう」

「冗談で申し上げることではございますまい」

迅之助は、思わず口の端が緩むのを感じ、慌てて右手で押さえた。狆を愛でるだけの御姫様が、まさかまさか御家を牛耳る悪家老を成敗するとは。

茉名は江戸藩邸住まいであるし、迅之助の身分では関わることはない。ただ、勝気で高飛車な娘だという話は聞いていた。また、その資質が祖父である将軍吉宗公を彷彿させるものがあると、人気が高かったのも事実。おそらく誰かに神輿として担がれたのだろうが、御姫様が悪家老を倒すなど痛快この上ない出来事だ。

「今は〔蓮台寺藩執権〕などと名乗り、幼君の代わりに政務を執っているとか」

それから庄兵衛は、執行派が崩壊した経緯を説明した。茉名が就義党と呼ばれる若手藩士と結託して藩邸を抜け出すと、田沼意知の助力を得て国入り。門閥や執行派を切り崩すと、最後は外記の所領である舎利蔵で一合戦に及び、外記は捕縛され処断されたという。

「就義党が、起ったのですか」

就義党については、迅之助も注目はしていた。若い藩士や部屋住みたちで結成された一派で、藩の革新を訴えていた。

「その就義党も、茉名さまに首根っこを抑えられ、政変後の権力を奪えなかったといいます。若い娘と思っておりましたが、徳川吉宗公の御血筋は伊達ではございませんな」

「ふふ、そいつはいい」

就義党の首魁は、間宮仙十郎という門閥の御曹司だ。歳も自分の一つ上であり、旭伝の門下に入るまでは同じ道場で汗を流した仲ではあるが、高慢かつ、何でも自分が一番でなければ気が済まないところがある。正直に言って鼻に付く男だった。

就義党に参加しなかったのも、父が執行派であること以上に、仙十郎が首魁だったからだ。藩政の革新には共鳴するところ大であったが、それ以上に仙十郎を嫌う心の方が大きかった。

（しかし――）

もし俺が旅に出ずに蓮台寺に残っていたら、どう動いただろうか？　父は執行派であるし、兄は派閥内の重臣から嫁を迎えている。そして、自分は旭伝の弟子。仙波家自体が、どっぷりと執行派に浸（つ）かっている。外記など好きではないが、その麾下（きか）で働かざるを得なかったことであろう。それを思えば、廻国修行（かいこくしゅぎょう）に出ていて本当に良かった。

「それで徳前屋さんが、俺に教えてくれるのはどうしてです？」

庄兵衛は商人である。しかも、外記と共に三奸と呼ばれるほど悪徳商人。善意だけで報（しら）せるはずがない。

「実は先ほど申し上げました舎利蔵での一件で、鷲塚旭伝様も命を落とされております」

「先生が？」

「ええ、筧求馬という若者に敗れたのでございます」

迅之助は「筧求馬……」と呟きつつ、記憶を辿ってみたが、その名に覚えは無かった。旭伝を斬るほどの腕を持つ男は、家中にはいない。いたとしたら、名前ぐらいは知っているはずだ。

「江戸に住まう浪人者でございます。鷲塚様との立ち合いは尋常ならざるものでございましてな。筧という者は密かに鎖を着込んでおりましたが、鷲塚どのは寸鉄も帯びてはおらず……」

「徳前屋さん、戦とは得てしてそうしたものです。お互いに示し合わせて、五分の戦いに挑むような真似はしません。先生も、そんなことは承知の上だと思いますよ」

「仙波様は、鷲塚様を深く尊敬されていたとお聞きしました。もし仙波様がお望みなら」

そこまで言った庄兵衛を、迅之助は低く笑うことで遮った。この悪徳商人の魂胆が、何となく見えてきた。でなければ、わざわざ何の力も持たない、部屋住みに過ぎない男になぞ会いに来るはずはない。

「あなたは俺に、先生の仇討ちをさせようとする腹積もりなのですね」

「有り体に申しますと。仙波様は、鷲塚門下でも双璧と呼ばれる腕前と、聞き及んでおります。ここは一つ、筧求馬を斬り亡き師の仇をお討ちくださいませ」

「茉名姫でも間宮仙十郎でもなく、筧求馬を？」

「その二人は、わたくしの仇でございますからね。今後ご助力を乞うことはあろうかと存じますが、それはまだ先のこと。それより、仙波様には鷲塚様の無念を晴らして」

「真っ平御免ですね、仇討ちなんて」

迅之助は即答したが、庄兵衛の表情は変わらない。ただ黒い光を放つ視線を、じっと向けているだけだ。

「理由をお聞かせ願いましょうか？」

「先生には恩義はあるが、家来ではないですから。受けた恩義も、命を張るほどじゃない。それに俺は剣の道こそ志していますが、人を斬ることは好きじゃないんですよ」

「ほほう。しかし、人斬りが嫌いとは。鷲塚様のお弟子とは思えませぬな」

「そんな奴もいるってことです」

「……わかりました。その申し様では、何を言っても無駄でございましょう」

庄兵衛は予想に反して、簡単に引き下がった。それには迅之助も拍子抜けであり、妙な不気味さもある。

「鷲塚道場には、もう一人頼りになるお人がいらっしゃいますから」

それは恐らく、双璧の片割れ。自分に先立って、奥州へ廻国修行に出された、あの男のことであろう。旭伝の一番弟子を自称し、小姓のように侍っていた。あの男なら、庄兵衛の誘いにも乗るはずである。

庄兵衛は、話は済んだとばかりに腰を上げた。その庄兵衛に迅之助は声を掛け、「それで、俺の親父は？」と、気になっていた質問を投げかけた。

「……あの御仁は、茱名さまがお国入りをした際に、いの一番に寝返りましたよ。武士だというのに、薄情なところが実にあなたさまと似ておりますな」

「ならば、尚更に手を貸せないですね」

一人になった迅之助は、足先で膳を押しやると、ゴロリと仰臥した。

旭伝が死んだ。しかも、立ち合いでの死である。相手が鎖帷子を着込もうが着込むまいが、勝負は勝負。あのような猛々しい剣を使う旭伝を斬った、筧求馬という男が気になった。

その求馬は江戸にいるという。どうせ蓮台寺へ戻るのだ。帰りに立ち寄って挨拶をするのも悪くはあるまい。

「お武家さま、大変でございます」

慌ただしい足音と共に、旅籠の女将が部屋に跳び込んできたのは、それから暫く後のことだった。

「騒がしいねぇ。どうしたんだい？」

迅之助は身を起こして問うと、女将は青い顔をして窓の外を指さした。

「やっ……やくざ者が、入り口を取り囲み、『仙波迅之助なるお武家を出せ』と騒いでいるのでございます」

「へぇ、俺も有名になったもんだ」

ふと庄兵衛の顔が、脳裏に浮かんだ。何の縁も無い土地のやくざ者が、この俺の名前を知っているはずはないのだ。

迅之助は、差料の水心子正秀を摑むと、障子を開いて窓の外に目をやった。

眼下には、十名ほどのやくざ者。全員が長脇差を帯びた喧嘩支度で、顔を腫らした者もいる。そんなやくざ者たちは、「昼間の落とし前をつけてやる」「さっさと降りてきやがれ」と口々に喚いていた。

府中宿は、駿府城の城下町である。駿府城代がしっかりと治めているので、乱暴に踏み込むまではしないはず。だからとて、このまま捨てても置けない。

迅之助は窓から顔を出すと、眼下のやくざ者に声を掛けた。

「おいおい、よしてくれよ。人を斬るのは気分がいいもんじゃないんだ」

第一章　剣鬼ならじ

1

晴れ渡る青空の下、僧侶(そうりょ)の説法が延々と続いていた。

低い声ではあるが、何とも心地良い美声である。これが昼餉(ひるげ)の後であれば、うたた寝を誘ったことであろうと、筧求馬は庭で四人の子どもたちとチャンバラ遊びに興じながら、何となく思った。

この日、裏四番町(うらよばんちょう)にある芳賀(はが)家の屋敷では、求馬の祖父である宮内(くない)の十三回忌が執り行われていた。

宮内は求馬にとって、かけがえのない存在である。生母が亡くなり、その身の上を案じて、筧三蔵(かけいさんぞう)に預けてくれたのも、そして武士たる覚悟と共に、名刀・大宰帥(だざいのそち)経平(つねひら)を託してくれたのも、この宮内だった。

だが求馬は芳賀家を出た庶子であり、実父たる主尾(とのお)と、正室に傅(かしず)く下女との間に生まれた不義の子。当初は遠慮しようと思ったが、実兄の鵜殿と嫂の菊於が道場へ乗り込み、無理やりに連れて来られたのだ。

法要には、数多くの者が集まっていた。宮内はかつて徳川吉宗公の側近として、彼の改革を支え、幕閣の間で一目置かれていた存在。若かりし頃の田沼意次に幕臣としてのいろはを教えていたという経歴がある。人望も厚く、幕臣のみならず、諸大名の代参が大勢詰めかけているのだ。

そうした中で求馬も参列していたが、その生まれゆえに冷めた視線を向ける親族もいて、中々に居心地が悪かった。しかし親族の子どもたちが、終わりの知れない読経に我慢できずに騒ぎ出したので、これ幸いに「庭でやっとう遊びをしようか？　こう見えても、些かの覚えはあってね」と、外へ連れ出したのだ。

（やはり、来るのではなかったかもしれないな……）

鵜殿や菊於には、人並み以上の愛情をかけてもらっている。鵜殿は勿論、菊於に至っては血の繋がりは無いというのに、まるで実弟のような扱いだ。この二人には返しきれない恩義はあるが、他の親族衆はそうではない。

「姿が見えぬと思ったが、こんなところにいたのか」

子どもたちの打ち込みを軽く払っていると、やや離れたところから声を掛けられた。仏間の方では続々と人が出てきていて、どうやら法要は終わったようだ。これから別間でのお斎へ移るのだろう。

「ああ、あなたは」

そこに立っていたのは、潮焼けした赤ら顔に笑みを湛えた、胡麻塩頭の武士だった。親族の中でも特にやかまし屋で、宮内の末弟で大叔父にあたる旗本・岸根源左衛門である。五十半ばぐらいの年頃で、一族の間では長老格の一人だ。

源左衛門は子どもたちを「ほらほら、あっちに行ってろ」と追い払うと、やたら嫌な笑みを投げ掛けた。

「風の噂で聞いたのだが、おぬし意知様の下で働いているらしいの？」

求馬は苦笑いを浮かべると、恐縮した風に軽く首を振った。

求馬は、源左衛門が正直苦手だった。自分の生まれを蔑むこともなければ、嫌味を言うこともない。この大叔父の眼中に、そもそも入っていないのだ。だから、余計に惨めな気持ちになる。

「しかもだ。おぬしの働きは、ご老中の耳にまで入っているとか。何をしているかまでは、知りたいとは思わぬが、大したものだわい」

「はぁ、左様でございますか」

「おいおい。相変わらず覇気の無い奴め。謙遜が過ぎると嫌味になるということを知らぬのか」

「いえ、そんなわけでは」

ただ源左衛門との会話を終わらせたいだけなのだ。そんな空気を察することもなく、「しかしだな……」と話を続けた。

「どうやって、知己を得たのだ？　意知様は家督相続前だとしても、おいそれとお会い出来る御方ではなかろう」

「それは」

さて、困った。この辺の口裏合わせはしてはいない。蓮台寺藩に関わる騒動は、当然ながら表沙汰に出来ることではないし、公儀御用役も秘事である。だから、どう答えるかは意知と考えていたが、出会った切っ掛けまでは考えていなかった。

「大叔父殿、皆さんがお呼びですぞ」

助け船のように現れたのは、鶫殿だった。傍には菊於も控えていて、並んで立っていると、男雛女雛のように絵になる。

それから菊於が源左衛門の手を取ると、「叔父上さまがいなければ、話が弾みませぬ。ささ、早くこちらへ」と、母屋の方へ促した。去り際に求馬へ向けた微笑を見るに、全てを察してのことであろう。源左衛門も、若い頃は小町と評判だった菊於に手を引かれて、満更ではなさそうだ。

「あの人に捕まると、話が長くなるからな」

二人を見送りつつ、鵜殿が白い歯を見せた。

「すみません、兄上」

「いや、いいんだ。私も大叔父は苦手でね。それで何を言われたんだ？」

「意知様と、どうやって知り合えたのだと」

「なるほど。それはお役目上、言えぬことであろう」

求馬は頷いた。鵜殿と菊於が、公儀御用役について知っているのは、意知の了承を得た上でのことだ。この二人ならばと、特別に許可してくれたのだ。

「まったく困ったものだな」

「だから、大変助かりました。どう答えようか迷っていたのです」

「大叔父殿には、お前と同じ年頃の孫がいてな。行く末を案じているのだろう。お前のように、意知様の知己を得られたらと考えているのやもしれん。しかし、知らぬが仏。お前が負う厳しい役目を目の当たりにすれば、公儀御用役になろうとも思うまい」

「お陰で、生傷が絶えませんからね」

と、求馬は左の袖を軽く捲った。そこには、浅いが新しい刀傷がある。

これは領主である赤松次郎大夫と結託し、傍若無人に振舞う鬼猪一家の一件で受けた傷だ。蓮台寺から戻った求馬は、すぐに新たな役目を請け負った。それが旅の途中で一悶着があった鬼猪一家について探り、必要があれば当地の役人と共に捕縛することであった。

結果として求馬は一家の主立った者を捕らえたが、斬らずに捕縛することを意識し過ぎたゆえに、思わぬ反撃を受けてしまった。まだまだ未熟、の一言に尽きる。

「その傷を菊於が知れば、田沼様のお屋敷に怒鳴り込むかもしれんなぁ」

「確かに。ですが、義姉上には心配ばかりかけて申し訳ないです」

「おいおい、俺も心配しているんだぞ」

と、鵜殿は求馬の肩に手を置いた。久し振りに感じた、顔に似合わない大きくて厚い掌である。鵜殿も武芸に励み、特に無辺流の槍術と日置流印西派の弓は、抜群の腕前を持つ。

「公儀御用役も危険だが、それとは別種の危うさがお前を待っている。それが何であるかわかるか？」

求馬は暫く考えたあと、「いえ」と素直に首を振った。

「やはり、そんなことだと思ったよ。いいか、求馬。意知様の下で働くことは、周囲から田沼派と見なされるということだ」

「そんな。兄上、俺は流行らない町道場の主です。派閥なんて関係ありませんよ」

「そこが甘いのだ。お前がどう否定しようが、世間はそうは見てくれん。事情を知らぬ者からすれば、お前は意知様が抱える剣客だ。当然、政争の余波も容赦なく及んでくるだろう。事実、先ほども大叔父殿がお前に近寄ってきたじゃないか」

求馬は何も言わずに目を伏せた。鵜殿の言わんとすることはわかる。自分には、政争に関わる覚悟が無かった。いや、想像すらしていなかったのだ。

公儀御用役として民の為に戦い、人を斬る決心はついた。しかし、政争の渦中に跳び込むことと同意だとは、思ってもいなかった。それは鵜殿の言う通り、自分の甘さ以外の何物でもない。

「田沼様は敵が多いのだ。積極的な経済政策と、身分を問わぬ人材登用。そして、ご本人は成り上がりの身の上。そうしたところが、嫌われる要因なのだろう。お人柄は極めて謙虚であるのだがな……」

「世間のご評判も芳しいものではないと、意知様も仰られておりました」

鵜殿は軽く頷いた。世間では意次を貪官汚吏の親玉、或いは幕政腐敗の根源かのように見ている。そして求馬もそう思っていた。しかし意知の語りようや、公儀御用役の費えの一切を、意次への付け届けで賄っていると知った今、田沼意次という男への印象は変わりつつある。

「老中首座の松平武元様も最近では病がちで、近いうちに田沼様が幕政の全権を握ることになるだろうし、自らの甥を一橋家の家老として送り込むという噂もある。これは中々に難しい事態だ」

「一橋というと、治済様」

「そうだ。表向きは意次様と手を組んでいるが、本当のところはわからん。これから幕閣の暗闘、大奥や一門衆を巻き込んだ政争は、熾烈を極めていくだろう。そうした微妙な空気の中で、お前は田沼派に与することになる。当然お前の兄である私もな」

「そんな」

目を丸くした求馬に、鵜殿は苦笑して首を振った。

「私が田沼派と見られるのは構わんのだ。実際あの御方を尊敬しているし、政争に身を投じる覚悟もある。しかしお前は」

「大丈夫ですよ、俺は」

求馬は、鶫殿の言葉を遮るように言い、笑顔を一つ見せた。

「難しいことはわかりませんが、俺は蓮台寺で散々斬り合いをしてきました。人も殺めました。その時に、覚悟したのですよ。公儀御用役として、奪っただけの命を救おうと。救える命に比べれば、煩わしい政争など」

それに、大切な人がいる。脳裏に、茉名の猫のような瞳を思い浮かべた。今は蓮台寺で、その鋭い眼光を藩政に向けているはず。茉名も政争の渦中にいるのだ。ならば、その苦労を共に分かち合うのも悪くはない。むしろ、喜んで跳び込んでやる。

「それに、兄上も一緒なんですよね。そんなに心強いものはないですよ」

「お前なぁ」

と、鶫殿は感激した様子で、求馬の背中を叩いた。体勢を崩した求馬は、思わず前のめりになった。

「嬉しいことを言いやがる。いいぞ、この兄がお前を守ってやる。お前に降りかかる火の粉は全て払ってやるからな」

「じゃ、俺は剣で兄上を守りますよ」

「ああ、守ってくれよ。俺は槍と弓で援護してやろう」

鵜殿はそう言って一笑し、「それじゃ行こうか。大叔父殿の相手を菊於だけにさせるのは可哀想だからな」と母屋へ足を向けた。

2

峻烈な打ち込みが、伸びてきた。

求馬は竹刀を合わせることで軽くいなすと、素早く籠手を打ちつつ、後方に跳び退いた。

「次っ」

求馬がそう言うと、道場脇に控えていた門人が立ち上がった。防具一式に身を包んでいるが、求馬は稽古着だけの姿である。

品川台町にある無外流花尾道場。今日はその代稽古だった。

道場主の花尾周吉は、流儀流派の純血性に頓着しない人物で、「強くなりたいと思うのなら、他流の者からも教えを乞うのもいい」と深妙流の看板を掲げる求馬に、稽古を頼んでいるのだ。

その背景には、養父・三蔵の存在がある。周吉は、強さへの飽くなき執着と荒稽古から、些かの侮蔑を込めて〔剣鬼〕と呼ばれていた三蔵の、数少ない剣友であり、終生に渡って良き理解者であり続けた男だった。

代稽古を依頼されたのも、その誼が根底にあり、閑古鳥が鳴いている道場の経営を心配しての心遣いだった。五日に一度、一回二百文と吝い報酬ではあるが、求馬にとっては安定して得られる収入源でもある。

ただ最近では、公儀御用役になったことで、懐具合は豊かになった。以前のように齷齪と働く必要はなくなったが、役目の報酬は兄夫婦へ預けて、殆ど手をつけていない。もしもの為の備えだ。ゆえに日々の糧を得る為に、代稽古や口入れ屋の職探しの日々を再開させ、今日が公儀御用役となって初めての稽古だった。

次の相手となった門人が、気勢を上げて踏み込んできた。面狙いの打ち込み。求馬は躱しながらも、すれ違いざまに脛を払うように打つと、門人は盛大に転倒した。

「おお」という、驚きの声が上がる。一段高くなった師範席にいた周吉も、食い入るように眺めていた。

「次はいますか？」

求馬は流れる汗を肩で拭いながら、門人たちに問いかけた。これで六人、いや七人抜き。このままでは誰の為の稽古かわかったものではない。

「いないのなら、私はこれで一旦下がりますが」

春の陽気というには、暑過ぎる日差しだった。武者窓から覗く空は高く、どこまでも澄み切っている。これで蟬でも鳴けば、夏そのものだ。

だからか道場内は、蒸すように暑い。そこまで広くもない道場に、二十名近くの門人が詰めかけているということもあるが、近く無外流道場同士の対抗試合があって、稽古にいつも以上に熱が入っているのだ。

「次は私が」

立ち上がったのは、若い男だった。自分と変わらない年頃である。

「おお、立見要太郎か。お前ならば、剣鬼の小倅を止められるかもしれぬな。求馬や、こやつは入門して日こそ浅いが中々に使えるぞ」

そう言ったのは、師範席にいた周吉だった。この男は、門人と自分を競わせることを、楽しんでいるところがある。

「筧さん、防具はいらないのですか？」

立見が、前に進み出て訊いた。

「ええ。不要です」

「大した自信じゃないですか。我々からは一本も取られないと言いたいわけですね」

「……いえ、これは父の教えですので」

求馬は、稽古に於いて防具一切を身に着けない。それは三蔵から叩き込まれた教えで、打たれることの痛みや恐怖に対し、鈍感にならぬ為である。

防具に馴れると、どうしても打たれても構わないという気の緩みが生まれるもので、実戦ではそれが命取りになる。僅かな殺気をも肌で感じて見逃さず、柔軟に反応する。それが秘奥である颯の太刀に繋がっているのだと、三蔵はよく語っていた。

「では、私も防具は必要ありません」

と、立見はそそくさと防具の止め紐に手を掛けたので、求馬は咄嗟に周吉に目をやった。花尾道場では防具稽古を奨励し、防具を身に着けない稽古は許可制にしていた。

しかし周吉は、一つ頷いて「好きにさせてやれ」と言うだけだった。

「では、そういうことで」

不敵に笑んだ立見に、求馬は眉を顰めた。

（嫌な男だ）

だが立見にとっても、自分こそが嫌な男に映るのだろう。防具は不要と余裕を見せるだけでなく、同じような年齢で代稽古をしているのだ。鼻に付くのかもしれないし、新参という立場上、ここで一本を取って他の門人に腕を見せつけたいという考えがあるのかもしれない。ただ、どんな打算があるにせよ、気を引き締めて相手をするだけ。無様に敗れるようでは、食い扶持を一つ失うことにもなる。

　こうして、相正眼で対峙となった。向かい合った立見の構えは、見事と呼んでいいほど美しいものである。

　背筋はしっかりと伸び、それでいて両肩に力みは見られず、竹刀を握る両腕もゆったりとしている。その上、竹刀の剣先はこちらの動きを牽制するかのように喉元に向けられていて、まるで教本通りの構えである。この姿を書き留めて、子どもたちへの見本にしたいぐらいだ。

　一方の求馬は、同じ正眼でも姿勢を崩して、やや猫背がち。楽な姿勢でいることが、最も速くそして長く戦っていられるのだと、求馬はこれまでの戦いを経て学んだことだった。

　先に動いたのは求馬だった。これまで待ちの剣だったので、こちらから仕掛けたいという気持ちと、今回も待ちの剣で来ると、立見が読んでいるだろうと、考えてのことだった。

「なにっ」

と、意表を突かれた立見だったが、咄嗟に求馬の太刀筋を見極め、打ち込みを防ぐ動きを見せた。

だが、それは誘い。求馬は立見の脇をすり抜けつつ籠手を打ち、更に足を払って転がった立見の喉元に、剣先を突き付けた。

「それまで」

止めたのは周吉だった。求馬は尻餅(しりもち)をついた立見に手を差し伸べたが、「無用」とその手を払って立ち上がると、忌々し気に門人たちがいる道場脇へと戻った。その様子を可笑(おか)しそうに笑っていた周吉は、「今日の稽古は、ここまでじゃ。求馬よ、ちと話がある。あとで奥へ参るがよい」と告げた。

＊　＊　＊

花尾道場には、回廊で繋がった母屋がある。そこで五年前に連れ合いを亡くしている周吉は、数名の内弟子たちと暮らしていた。

案内されたのは、その一間だった。開け放たれた障子の外には、小さな池がある。この暑気の中なのだ。池を見るだけでも、僅かばかりの涼になる。

内弟子に出された、冷めた麦湯を飲んでいると、稽古着から着流しに着替えた周吉が現れた。

「久しいのう、求馬」

「ご無沙汰をしておりました。急の不在となり、誠に申し訳ございません」

「いや構わぬ。事情はおぬしの兄上から伺った。何でも、芳賀家の領地での問題が起き、おぬしが解決にあたったそうだの」

求馬は、「ええ」と頷いた。

昨年からの不在は、意知から事情を伝えられた鵜殿が、わざわざ周吉を訪ねて説明してくれていたのだ。

当然ながら公儀御用役のことは明かせないので、芳賀家の所領に賊が流れ込んだので、その討伐という名目にしたのだ。ただ鵜殿は詳しい理由までは、「家中のこと」として話してはいない。

「芳賀家は、百姓を大事にするお家柄じゃからのう。領民も幸せであろう」

芳賀家三千石の知行地は、上州の吾妻郡にある。所領の一角に陣屋を置き、代官と数名の家人を配している。祖父である宮内は、この領地経営に心を砕いていて、それは鵜殿にも受け継がれている。そうした家風は、三蔵を通して宮内とも面識があった周吉も、何となく知っているようだ。

「しかし、長かったな。御家のことゆえ、詳しくは訊かぬが」

「色々と手間取ってしまったのと、折角の機会だったので方々を旅しておりました」

「左様か。思えば、おぬしの父も旅が好きであった」

三蔵も旅をよくしていた。関八州をよく巡っていたが、時には甲信越にまで足を伸ばすこともあり、その旅に幼い頃から付き合わされていた。

「しかし先ほどは見事な剣であった。剣の冴えも以前より増したような気がする」

「そうでしょうか」

「いいや、おぬしは変わったと思うぞ。まずは、目が違う。まとわせる雰囲気も」

そこまで言った周吉は、最後に「覇気に欠ける顔は相変わらずだが」と付け加え、それには苦笑するしかなかった。

「確かに、所領の問題は一筋縄ではいかぬものではございました。それに、近ごろの天候不順の影響からか道中では不逞な輩も多く」

「なるほど……。さてはおぬし、人を斬ったな？」

肺腑を突くかのような一言に、求馬は息を呑んだ。

図星である。蓮台寺の騒動で、人を斬った。それも一人や二人ではない。大勢の命を殺めた。そこにどうしようもない理由があったとしても、命を守る為だったとしても、人を殺したことには変わりはない。当然ながら罪悪感はいつまでも消えないし、消えてもいけないと思う。

「いや、答えずともよい。それに無理に答えるものでもなかろう」

「……申し訳ございません」

「小手や脛だけを狙っていたのを見て、もしやと思ったまでよ。相手の動きを封じることで、命のやり取りをせずとも済むこともあるからのう。剣鬼の倅とは思えぬ剣ではあるが、何ともおぬしらしい」

全てを見透かされているようで、求馬は目を伏せるしか術は無かった。何も語らずとも、養父の親友は見抜いている。「剣は時として、口よりも物を語る」と言うが、周吉はまさに、求馬の剣から不在の間のことを知ったのだろう。

「求馬や。おぬしの人品はよく知っておるし、むやみやたらに刃を振るうことはないと信じておる。だがの、人を殺めれば夜が長くなる。恐ろしいまでに長くなり、闇が濃く深くなる。剣客の中には、それに耐えられずに精神を夜に委ねる者も少なくはない。だが、その先には地獄しか待ってはおらん。そのこと、努々忘れるではないぞ」

3

道場を出たのは、暮れ六つになろうかという頃合いだった。

いつもより遅くなったのは、「久し振りだ、飯でも食っていけ」と夕餉を馳走されたからだった。報酬は吝いが、飯には困らない。それも、この代稽古の旨味だ。

旨いと言えば、そこで出された鯰の付け焼きが絶品だった。

ぬめりをよく取った鯰を三枚に下ろし、皮と身の間に串を通してひとまず焼き、表面に焼き色がついた頃合いで、醬油・味醂・酒を煮詰めたタレに絡め、再び焼くことを三度ほど繰り返したものである。

甘く香ばしくも濃い味わいと、鯰のふわりとして蛋白な肉質が合うのだが、途中から山椒をふりかけると、ピリッとした刺激が風味を引き立て、味わいが一変する。つまり味に飽きない。内弟子の中に料理達者がいるのだろう。どこぞの料亭で出しても不思議ではないほどの旨さだった。

人家も疎らな野道を進んでいると、鬱蒼とした森が見えてきた。雉子ノ宮を囲む社叢である。木々の陰影が濃く、まるで一つの塊のようだった。

陽が暮れかかっていた。いくら日中が暑くても、この時分に風が吹くと、肌寒さを覚えるものがある。

(茉名さんと出会ったのはこの辺りだったな)

去年の秋の暮れ。誰もいないはずの森の奥から、不穏な気配を覚えたのだ。迷いと怯えがあった。十六の時、自らの弱さから二人の人間を死なせてしまったことがある。命を救えなかっただけでなく、自らは腰抜けは斬る価値も無いと見逃されてしまった。「また救えなかったら……」と、心の傷が疼いたのだ。

だが、茉名の叫び声を聞いた時、求馬は駆け出していた。今思えば、あれが公儀御用役としての最初の一歩だったのかもしれない。

(茉名さんは、どうしているだろうか?)

ふと、そんなことが頭を過った。

茉名のことは、なるべく考えないようにしていた。思いを馳せれば、蓮台寺まで駆け出したくなるからだ。だというのに、こうして思い出してしまったのは、自分の甘さゆえか。

茉名は今、藩内の立て直しで忙しいはずだ。執権の地位に就いたとは言え、人心を掌握したわけではない。心服していない旧執行派もいるだろうし、門閥だって黙ってはいないはず。茉名自身も、「これで藩内を平定したわけではない」と言っていた。

そして自分には、公儀御用役という役目がある。深妙流筧道場の主という肩書も。まずは剣客として、人間として一人前になること。日々精進していれば、いずれ茉名と交わる道もあるだろうと、求馬は信じている。

が、それもまだまだ先。筧道場は、相変わらずの閑古鳥。剣客としては代稽古ぐらいが仕事で、日々の糧の為に口入れ屋へ挨拶する日々である。

意知が気を使って門人となる者を紹介しよう、と言っていたが、それは固辞している。それは自分の実力ではないと思えたからだ。また、公儀御用役としての報酬も、兄夫婦に預けていて、まったく手をつけてはいない。この銭は意味あることに使いたかった。

深い溜息を吐き、再び歩み出した求馬の背中に、「ちょいと、待ってくれよ」と声が飛んできた。

「お前さん、筧求馬だろ？」

社叢の間から、黒い陰影の輪郭が浮かび上がった。

殺気は感じられない。しかし、殺気を抑えて斬りかかる、そんな熟練の者もいる。

求馬は、黒い影を見据えたまま大宰帥経平の重みを意識した。

「おいおい、そう警戒する必要はないぜ？　別に獲って食おうってわけじゃねぇからさ」

「なら、まずはあなたが名乗るべきだと思いますよ。それが礼儀というものです」

求馬は闇に向かって答えた。

すると「くくっ」と押し殺した笑い声が聞こえ、人の形が浮かび上がった。

自分より幾つか上の、若い男だった。背が高く、肩も首もがっしりとしている。逞しい体軀をしてはいるが、鼻梁は通っていて顔全体は涼し気である。

「すまん、すまん。俺は田舎者だから、何事にも不作法でね」

そう言うと、男は白い歯を見せて笑った。かなりの男前だと、求馬は思った。

それでいて、言葉の端々に己への自信が垣間見える。覇気に欠け、強そうには見えないと言われる自分とは大違いであり、何もかも真逆だった。

「それで、あなたは誰なんですか？」

「仙波迅之助。蓮台寺の者だよ」

「蓮台寺？」

求馬は大きく目を見開いていた。どうして？　と考えると、色んな可能性が湧いてくる。最善と最悪。どちらの可能性もある。

「おう。君には縁が深い土地だろう」

「それを知っているあなたが、どうして俺の前に？」

「俺は〔やっとう〕が好きでね、今は廻国修行を終えて帰る途中なんだよ。それで江戸を通るんで、顔でも見て行こうと思ったわけ。だって君、あの執行外記を倒した立役者なんだろ？」

「立役者だなんて思っていません。共に戦っただけです」

「それは謙遜なのか、事実なのかわからんな。嘘を吐いているようにも思えん」

「仙波さん、と言いましたね。……俺に何の用件なんですか？」

求馬は気を抜かなかった。そうさせたのは、この男が纏う雰囲気や、空気感だった。飄々としていて、雲のように摑みづらい。つまり、全く隙を見出せないのだ。いや、一見して隙だらけのようだが、斬り込めば返される。そんな佇まいをしている。

「俺さ、鬼眼流なんだよ。あの鷲塚旭伝の弟子ってことになる」

「それは」

予想だにしない一言だった。目の前で微笑を浮かべる男の言葉を、上手く咀嚼出来ない。鬼眼流？　旭伝の弟子？　それがどうして？

「そう驚くなよ。鬼眼流は何も鷲塚道場だけじゃないんだし、弟子だって全員が舎利蔵で死んだわけじゃない。お前は鬼眼流を滅ぼしたつもりかも知らんがね」

「……あなたが鬼眼流ならば、目的は仇討(かたきう)ちですか？」

求馬は、やっとのことで言葉を絞り出した。

「おいおい、早合点をするなって。言ったろう、獲って食うつもりはないって。それに、真剣での立ち合いは趣味じゃない。斬り合いが好きじゃないんだよ」

迅之助は、肩を竦(すく)めつつ苦笑した。

変な男だと、求馬は思った。剣客でありながら、斬り合いが好きじゃないと、堂々と言う。求馬も斬り合いは避けたいが、剣客として声高に言い張れるほどではない。

「いや、俺も人間だ。当然だが色々思うところはある。鷲塚先生には命を賭(と)すほどじゃないにしろ恩義はあるし、死んだ門人たちの中には友達と呼べる者もいたしな」

「もし仇討ちを望むのなら、お相手はします。不本意ですが、それを受けねばならない責任は理解しているつもりです」

「だから、そんなんじゃないと言っている。江戸詰めの藩士を捕まえて聞いたんだが、凄惨な戦いだったのだろ？　外記は屋敷に立て籠もり、藩兵を待ち構えての一合戦だったそうじゃないか。そんな場で戦って死ねりゃ武士の本懐。先生だって文句は無いだろうよ」

「では、他に何か？」

迅之助はその問いに、少し考える表情をしてみせた。こういうところだ、と求馬は思った。摑みどころがなく、のらりくらりと惑わす。こんな調子で、剣も使うだろう。

「強いて言うのなら、〔気になった〕かな。俺は別に、先生に心服していたわけじゃない。生まれる時代を間違えた、不器用な人だしね。もう少し人付き合いが上手けりゃ、いらぬ苦労もしなかっただろう。でも、あの強さには憧れていたんだ」

求馬は頷いた。それは、大いに同意出来る。常に敵であったし、人柄を語るほど知っているわけではない。しかし強さと、強さだけを求める姿勢は父・三蔵に通じるところがあった。

「しかしよ、正直驚いた。もっと猛々しい男かと思ったが、それがまぁ……」

「弱そうに見える、と」

覇気が無い、とは常々言われていることだった。強そうにも見えないと。こればっかりは顔の問題だと諦めてはいる。

「弱そうには見えんよ。ただ、強そうにも見えん。その差が相手を惑わすのかもしれんな」

そこまで言うと、迅之助は「これで用事は済んだ」と告げた。

「いずれ、また会うこともあるだろう。そんときゃ、よろしく頼むよ」

と、迅之助が片手を挙げて踵を返した。そのまま社叢の奥へ消えると思った刹那、何か思いついたかのように、足を止めた。

「そうだ、これも何かの縁というもの。一つだけ教えておいてやる」

「何を？」

「徳前屋庄兵衛って男を知っているか？」

求馬は頷いた。外記と共に蓮台寺を牛耳った三奸の一人。舎利蔵での戦いの前に姿をくらませた男だ。

「そいつがお前の命を狙っているらしいぜ。お前を斬ってくれと、俺に頼み込んで来やがったんだ。だが、そこは安心してくれ。俺は斬り合いが好きじゃないんで、当然断ったよ」

「どうして、それを俺に報せてくれるんです？」

「そりゃ……俺って優しいからさ」

迅之助はそう言って一笑し、濃くなった闇の中に消えた。

求馬は一人になった。徳前屋庄兵衛が、自分の命を狙っている。恐らく、外記の仇討ちだろう。この命を狙うということは、当然ながら茉名もその標的になっているはず。だが、あの男の言葉を信じてもいいものか。これも庄兵衛の一策かもしれない。ひとまず気を抜かないことだと、求馬は思った。

4

「なんと、左様なことが……」

そう言ったのは、蓮台寺藩江戸家老の六坂孫蔵（むさかまごぞう）という男だった。

堀端一番町（ほりばたいちばんちょう）にある、蓮台寺藩江戸藩邸の上屋敷。中庭に面した、小さな客間である。六坂は腕を組むと、一つ大きく息を吐いた。

仙波迅之助と名乗る男が現れた翌日、求馬はそこで聞かされた徳前屋庄兵衛の暗躍を報せようと、上屋敷を訪ねたのだ。

六坂は四十絡みの、小太りな男だった。丸顔に髭（ひげ）が濃く、顎（あご）の辺りが青々としている。その上、連日の暑さからか、鬢の辺りには軽く汗が滲んでいて、こうしている間にも、扇子を忙しく使って風を迎え入れている。

この男とは、以前に一度会ったことがある。蓮台寺から戻ってすぐ、少弐資清に騒動の収束と茉名の伝言を伝えた時に、六坂は同席していたのだ。その場で謝礼を差し出されたが、それを求馬は「金子の為にやったことではないので」と断っている
「仙波迅之助……。その者は知らぬが、仙波和泉という男なら知っている。かの者には、幾人かの男子がいるというし、恐らくその一人なのかもしれん」

「和泉殿というのは、どのような方なのでしょうか？」

茉名の敵なのか、そうではないのか。まずそれをはっきりさせたかった。

六坂は団子のような丸顔をゆっくりと振り、「わしは江戸詰めゆえに、そう詳しいわけではないが……」と続けた。

「和泉殿は、元々執行派に与していた男だ。茉名様がお国入りに際し、いち早く鞍替えした風見鶏……。それについては、わしも他人様のことは言えぬが」

「六坂殿も、以前は執行派だったのですか？」

思えば、この男がどんな男か求馬は全く知らなかった。資清と対面した、騒動直

後には既に江戸家老だった。ということは、外記の体制下でも江戸家老だった可能性は高い。少なくとも、あの直後に江戸藩邸の人事には手を付けていなかった。

その問いに、六坂は使っていた扇子の手を止め、そのまま顔を隠して笑った。

「おぬしは怖いもの知らずだな。いや、剣客特有の気質というものだろうか。遠慮のう斬り込んで来よる」

「申し訳ございません。その、つい……」

「いや、おぬしは、茉名様の用心棒。その立場を考えれば、気になるのも無理なきことよ。だが、考えてもみよ。おぬしらが外記を倒す前の藩庁に、執行派ではない者がどれだけいたか。いよう者なら、会(お)うてみたいものよ」

六坂の言葉に、求馬は頷くしかなかった。

執行派と戦っていたのは、間宮仙十郎率いる、就義党だけだった。だが就義党の殆(ほとん)どは、家督相続前の部屋住みばかりだった。求馬には主(あるじ)持ちの気持ちはわからないが、ひとたび城勤めとなれば、好むと好まざるとにかかわらず、執行派にならざるを得ないのだろう。

「まっ、心配せずともよい。わしは、仙波和泉以上の風見鶏。茉名様が権力を握っている限り、わしはおぬしの味方よ」

そう言って六坂はにんまりとした表情を浮かべたが、求馬は苦笑するしかなかった。この男が頼りになるのかならないのか、どうにも測りかねる。

「さしあたり、この話は書状を添えて国許の茉名様にお知らせしておこう。それはそれとて、おぬしも努々気を抜かぬようにせねばならぬぞ。おぬしに何かあっては、わしが御姫様にお叱りを受けるからの」

六坂との話が終わって一間を出ると、見知った顔がそこで待っていた。

三十手前の、日焼けした男。精悍な印象があるが、弾けるような笑みを浮かべた顔には、どこか愛嬌がある。

「あなたは」

浅羽重太郎。馬庭念流の剣客で、討伐隊として共に舎利蔵の戦いを生き抜いた蓮台寺藩士である。

「久し振り、ってわけでもないな。達者にしていたかい？　剣鬼殿」

「お陰様で。でも、剣鬼は父のことで、俺じゃないです」

「あの鷲塚を斬ったんだ。お前も立派な剣鬼だよ」

と、浅羽が求馬の肩を叩いた。

浅羽とは、舎利蔵の戦い以来の再会だった。あの戦いで、浅羽は求馬たちを外記のもとへ向かわせる為、敵の増援と死闘を演じている。文句なしに、外記討伐の功労者だ。

「でも驚きました。浅羽さんが江戸にいるなんて」

「まぁ、色々とあって江戸詰めになったんだよ。そして、お前が藩邸に来たって小耳に挟んだんで、飛んできたわけさ。そんなことより、お前だよ。どうして、こんなところへ？」

「それが、ちょっと……」

求馬は六坂に報せた内容を、手短に説明した。浅羽は珍しく真剣な面持ちになって、「場所を変えて話せるか？　藩邸じゃちょっとな」と、顎で外をしゃくった。

＊　＊　＊

連れ出された場所は、藩邸近くの稲荷神社だった。

隣接する旗本屋敷との間に鎮座する、ひっそりとして小さな稲荷だ。この辺りが武家地となる前からそこにあって、動座できぬまま残ったような社だった。

「仙波迅之助か。ありゃ、厄介な男だぜ」

腕を組み、深紅の鳥居に背中を預けた浅羽が口を開いた。

「ご存知なのですか？」

「蓮台寺で迅之助を知らぬ剣客は、そうそういねぇってくらいの使い手よ。端的に言うと、天才。そう、奴には天賦の才がある。俺は以前、お前に旭伝に勝ち目があるのはお前だけだと言ったが、もしそこに迅之助がいれば、お前ではなく迅之助にその言葉を贈っただろうな」

つまり浅羽に言わせれば、剣の腕前は自分より上なのだろう。そのことに、ムッと腹立ちを覚えた自分に、求馬は些か驚いた。

以前は自分よりも強いと言われても、「ああ、そうだな」で終わっていた。だというのに、こうして気分が良くないのは、剣客として自信がついてきたからか？ 或いは自信をつけたゆえの増長か？ どちらにせよ、新たな敵が登場したのだ。ここらで褌を締め直す必要がある。

「それほどの男が、鷲塚旭伝の弟子に？」

求馬は気を取り直して訊いた。

「そこは政事だな。元々迅之助は、小野派一刀流の道場にいたんだよ。だが外記が旭伝を抱え、道場を作らせるに至った時、奴の親父さんは息子を弟子として差し向けたのだ。その時にはもう、迅之助の腕は評判でな。持ち前の天稟が、旭伝の実戦的な剣で磨かれたというわけだ」

「そうなんですね」

　求馬は迅之助の立ち振る舞いを思い出し、改めて隙が無かったことを思い出した。飄々として、雲のように掴みづらい。隙だらけのようで、斬りかかれば避けられ反撃を被る。まるで風に揺れる柳のような男だった。

「そして、奴にお前を斬るように頼んだのが、徳前屋庄兵衛ってわけか」

「ええ。迅之助という男は断ったそうですが、それが本当かどうかわかりませんし、徳前屋がそれで引くとも思いません」

「だろうな。……徳前屋の行方を、藩庁も必死に追っていたが、尻尾を掴めずにいる。やはりと言うべきが、不埒な陰謀を企んでいたとは」

　浅羽は深い溜息を吐き、右手の指先で眉を掻いて見せた。この男には珍しく、深刻な表情だ。舎利蔵での乱戦の中でも、見せたことはなかった。

「この件は、俺からも国許に報告しておこう。お前さんは六坂様に託したが、あの御方が必ずしも味方とは限らん」

「それは、どういうことでしょうか？」

「今の蓮台寺は、混沌としておるのだ。これまでは、執行外記という重石が、藩内を押さえつけ治めていた。その重石が取れた今、一門衆や門閥が地の底から這い上がり、次なる外記になろうと蠢動をしているのだ」

「茉名さんは、門閥の重臣たちを痛罵し、押さえつけたかのように思えましたが」

「ああ、あの一件か。その場に少弐家の一門衆はいなかったからな。それに衆目の中で、体面ばかりを気にする門閥どもが、若い娘に怒鳴られ『はい、わかりました』と従うと思うか？　叱責だけでなく、無理やり隠居させられたのだ。その怒りや憎しみも強かろうよ」

「つまり、茉名さんは難しい立場にいるのですね」

浅羽が頷くと、「そうだ」と告げた。

執権として、藩政を掌握したとはいえ、その周りには六坂のような有象無象ばかり。誰が敵で、誰が味方かわからない中で、御家を率いていかねばならない。片時も気を抜けないはずだ。

「俺が江戸詰めになったのも、それと関係があってだな。表向きは書院番組頭だが、その実は隠し目付よ。江戸の動向を、逐一報告せねばならん。茉名様は、それだけ厳しい政局に立たされているというわけだ。当然、六坂様も監視対象の一人である」

「本当に、敵か味方かわからないのですね」

「その中で、茉名様は自ら陣頭に立って、よくやっておられる。人事の刷新、農政の改革、財政の再建、民情の回復。当然ながら間宮仙十郎などの側近の支えもあるが、人が足らん。能力はあれど、茉名様を快く思っておらねば使えぬからな」

求馬は「ああ」と、天を仰いだ。茉名は今、必死に戦っている。なのに、俺は傍にいて支えてやれない。それがどうにももどかしい。見上げている空は、蓮台寺とも繫がっているというのに。

「ともかくだ。何かあれば、すぐに報せてくれ。お前とは共に轡を並べた仲であるし、元はと言えば我々の問題だ」

「浅羽さんは、味方なのですよね？」

求馬の問いに、浅羽は鳥居に預けていた背中を「よっ」と持ち上げて、「当たり前だ」と答えた。

「俺の親父は、執行外記に殺されたのだ。外記が町奉行だった頃でな。奴の不正を追及しようとした矢先、夜道でやくざ者に喧嘩を吹っ掛けられ、その挙句に死んだ。武士の癖に無様に死に恥を晒したと、何故か親父が責められてな。その結果、長い間の冷や飯喰らい。今こうしてお役に就き、あったかいおまんまにありつけるのは茉名様のお陰よ。親父の仇も討てたしな。それで十分だろ？」

「すみません、そんな事情があるとも知らず疑って」

すると、浅羽は一笑して求馬の肩を二度叩いた。

「気にすることはない。全部はったりだ」

「えっ？　嘘なんですか？」

「おう。嘘も大嘘。親父はピンピンしていやがるし、筋金入りの執行派だったよ。しかし、お前は人を信じ過ぎるのが欠点かもしれんな」

求馬は愉快そうに笑う浅羽に冷めた視線を投げかけつつ、仙波迅之助といい六坂孫蔵といい、そして浅羽重太郎といい、蓮台寺にはふざけた男しかいないのか？と、嘆息した。

5

それから五日の後、求馬は日本橋傍の駿河町にある江辻屋で、不寝番をしていた。

江辻屋は分銅看板を掲げた両替商で、現当主の長六で四代目。堅実な手腕で着実に商いを広げているらしく、江戸市中ではちょいと名の知れた店である。

江辻屋では、腕も確かで信頼を置ける用心棒を幾人か雇っているが、その中の一人が腰を痛めて寝込み、またもう一人は故郷で不幸があり、暫く江戸を離れざるを得なくなって、人手が足らなくなったところを、求馬に声が掛かったのだ。

「筧様を、是非にと推してくれたお方がいましてな」

江辻屋の店を訪れた初日、四十半ばの長六が声を掛けた経緯を教えてくれた。そもそも江辻屋からの依頼は突然のことで、手代が道場に現れ「ここはひとつ、用心棒を頼まれてはくださいませぬか？」と頭を下げられたのである。

言われるがままに江辻屋を訪ね、困惑しきりの求馬に、長六は「津島屋さんが、あなた様をお雇いになっては？　と仰いましてね。腕は確かな上に、気持ちの良い御仁であると。それに強そうに見えないのが、また面白い」とも説明した。

津島屋というと、あの津島屋百蔵である。

これまでに何度か、公儀御用役絡みで小村井村にある寮には通ってはいるが、未だ百蔵とは顔を合わせていない。なのに、自分のことをよく知っている。物陰から見ていたのか？　はたまた気付かないだけか？

そこはかとない薄気味悪さを覚えたが、「でも、まぁいいか」と思わせたのは、長六に提示された報酬の良さだった。

日暮れから日の出まで寝ずの番を三夜続けて勤めて、報酬は一分。一～二夜目が三百文、三夜目が四百文という仕組みだ。そこに夜食と朝飯までついているから、中々の旨味である。しかも、働きによっては別途で手当が出るというから、ありがたい限りだ。昼夜逆転のしんどさはあるが、それに見合った以上の報酬なので文句はない。

そして、今日がその三夜目。帳場の奥にある店座敷が、用心棒の詰め所になっていて、行灯が煌々と四畳ほどの一間を明るくしている。

「筧殿、訊いたかい？　本船町の藍玉問屋に賊が入ったんだとよ」

そう言ったのは、不寝番の相方となった男だった。江辻屋の不寝番は二人一組で行う。それは二人協力して賊を防ぐ役目と居眠りと盗み避けがある。つまり、互いが互いの監視役というわけだ。

求馬が組んだのは、名前は荒尾八十兵衛という男だった。三十半ばの年頃で、身体は熊のように大きい。無精髭を蓄えていて、浪々の日々が芯まで沁み込んだ風体をしているが、つぶらな瞳はどこか愛嬌がある。

八十兵衛が言うには、三代に渡る浪人だそうだ。祖父は秋月藩士であり、やむなき事情で禄(ろく)を離れたという。天流(てんりゅう)を使うらしく、これまでに用心棒として、何度も実戦を経験していると言っていた。その体軀(たいく)に見合った豪快の剣なのだろう。江辻屋に雇われて一年半の、妻子持ちだそうだ。

「いや初耳ですが、折からの不作で賊が増えているとは聞いております」

ここ最近、江戸市中では盗賊が横行していた。東北(とうほく)で起きている天候不順が影響してか、胡乱(うろん)な輩(やから)の流入も多いと聞く。不作は民情を荒廃させ、賊を生み、多くの者の死を招く。この不作が飢饉(ききん)となれば、その流れは更に激しいものとなるだろう。そうさせない為に政事(まつりごと)があるのだと思うのだが、そう簡単にいかないのもまた政事(まつりごと)。その歯痒(はがゆ)さは、蓮台寺への旅で見て来たことだった。

「しかもだ。最近の賊たちは、ちょっと手口を変えてきているらしい。なんでも地方から江戸に出てきて、無宿者を雇い入れては荒っぽい盗みを働き、事が終われば一味はさっぱりと解散。首領や幹部たちは、また地方に戻るって寸法だそうだ。なので中々に捕らえられぬ。捕らえたとしても下っ端の無宿者で、親玉たちの居場所や素性など知る由もないってわけだ。一昔前は、首領(おかしら)が自ら手塩に掛け、じっくりと盗みのいろはを子分衆に伝えていたというが、これも時代なのだろうよ」

「巧妙な真似をするものですね」

「感心もしてられんぞ。いずれは、わしらと干戈を交えるかもしれんのだ」

求馬は頷いた。八十兵衛が言う通りだ。用心棒としても公儀御用役としても、いずれは賊と立ち合うことになるかもしれない。しかし、それが貧困を起因とするものならば、何とも複雑である。

木戸門が閉まる夜四つの頃になり、詰め所に夜食が運ばれた。今夜は鴨肉と青菜を載せた蕎麦だった。

「これは旨そうだ」

八十兵衛は顔を綻ばせ、待っていましたとばかりに蕎麦に手を伸ばした。

勢いよく蕎麦を啜る。ここ二日、八十兵衛と膳を共にしたので、いつもと違うことがわかる。今夜は余程腹が減っていたのだろう、気持ちの良い喰いっぷりだ。

(この人に緊張感はないのか)

と、求馬は呆れつつも、ゆっくりと箸を取った。

だが、八十兵衛のことを批判する資格は求馬には無い。不寝番として周囲に気を配り、江辻屋を守ることだけを考えなければならないというのに、求馬の頭は徳前屋庄兵衛の登場と茉名の苦境でいっぱいなのだ。

庄兵衛は、いずれ何かを仕掛けてくるはずだ。それが刺客かもしれなければ、悪辣な罠かもしれない。それに対しては、受けて立つしかない。争いはなるべく避けたいし、命のやり取りなどもっての外。しかし三奸の生き残りである庄兵衛とは、血闘も仕方がないと思えるほどの因果を含んでいる。恐らく、庄兵衛を斬らぬ限りは終わることもない。

ただ、それは自分の話。しかし、茉名は違う。浅羽の話によれば、敵は庄兵衛だけではない。屈服させたと思った門閥に、一門衆まで立ちはだかろうしている。しかも、それは刀でどうこう出来る話ではない。

(こんな時に、傍にいてあげられたら)

しかし、傍にいて何が出来ようか？　とも思う。自分が傍にいればと考えることこそ、思い上がりではないか。

(茉名さんなら、出来るはずだ)

そうだと信じるしかない。さしあたり、自分は庄兵衛のことだ。少なくとも、庄兵衛の策謀を潰せば、茉名にとっての脅威が一つ減る。

そんなことを何となく考えていると、流石に瞼が重くなっていた。不寝番も三日目。寝不足からの疲労も重なっていて、最後の夜の報酬だけが四百文になっている理由がわかる。

刻限は、夜八ツを過ぎたぐらいだろうか。行灯の灯は些か小さくなり、八十兵衛は蕎麦を腹いっぱい食べたせいもあるのか、睡魔との戦いに敗れ、船を漕ぐ有様である。

（仕方のない人だな）

と、求馬は肩に手を伸ばして起こそうとした時、けたたましい音が、闇と静寂が広がる店に響き渡った。

求馬は大宰帥経平を手に取ると、八十兵衛もその愛らしい瞳をパッと見開き、勢いよく立ち上がった。

「何だ、この音は？」

「戸が叩かれているようです。急ぎましょう」

二人は詰め所を跳ぶように出て、帳場を駆け抜けて土間に駆け下りた。

叩かれているのはくぐり戸らしく、その叩き方には、尋常ならぬ、緊迫した響きがあった。

「どうした？」

八十兵衛が声を潜めて訊いた。すると、戸板の向こうで「お助けください、幸松屋の者でございます」と二度繰り返した。

るという説明をした。

「左様にございます。どうか、お助けを」

八十兵衛が求馬を一瞥し、幸松屋が三軒隣の紙問屋であり、江辻屋とは血縁があると説明した。

「幸松屋だと？」

「寛殿、どうする？」

「賊の罠、ということもありますが、見殺しにも出来ないでしょう。ですが、寝起きで動けますか？」

「勘違いするではないぞ。あれは居眠りではなく、瞑想というものだ」

「それならば」

二人で頷き合い、求馬はいつでも抜ける体勢で構えた。八十兵衛が心張り棒を外すと、勢いよく戸を引いた。

そこに立っていたのは、顔を真っ青にした若い男だった。肩口に深々とした一刀を受けている。戸が開いた拍子に崩れ落ち、それを八十兵衛が咄嗟に受け止めた。

「どうした、気をしっかりと持て」

「賊……賊が……」

求馬は、咄嗟に「誰か」と二度叫ぶと、奥から店の者が一人、二人と駆け付けてきた。その中には長六の姿もある。

「荒尾さん、後は頼みます」

求馬はそう言って駆け出し、「おい、待て」という八十兵衛の声を背中で聞いた。

月明りもない闇夜である。それでも、絶叫と呻き声そして闘争の気配で、幸松屋はすぐにわかった。

大戸口は破られ、黒装束を纏った数名の賊が、土間に積み上げられた銭箱を運び出そうとしていたのだ。

「誰だ、てめぇ」

賊の一人が、求馬の姿を認めて凄む。そして、奥から匕首や長脇差を手にした一味が、わらわらと現れた。

七人。だが、求馬の視界には賊は入らなかった。

土間に、重なるようにして転がる骸。そして激しい血臭。賊たちによって無惨に斬り殺された、店の者たちだ。中には、背中に長脇差を突き立てられた子どももいた。

この光景は、以前にも目にしたことがある。昨年の舎利蔵村。執行外記の屋敷で。真っ赤に染まった一間。そこで、滅びを悟った執行家の女や子どもが、短刀で自害していたのだ。降伏の勧告を拒んだ末のことだった。

あの者たちは自害であるが、殺されたようなものだ。武家の意地というものに。

そして、この者たちも殺された。

怒りで血が沸いた。それは抑えがたい、激しい衝動だった。求馬は据わった目を賊たちに向けると、無言で大宰帥経平を抜き払った。

「やっちまえ」

首領と思われる賊の一声で、一斉に襲い掛かってきた。

風を読む、などという真似はしなかった。突き出される刃に合わせて、刀を振るうだけだ。それぐらいの実力差はある。

吶喊した最初の一人の胴を払い、二人目は袈裟に斬り下ろす。横から伸びてくる刃の光。躱しながらも、伸びきった腕を断ち、脇を駆け抜けながら三人目の首を刎ねた。

四人目は首領だった。絶叫と共に、長脇差で斬りかかってきた。殺気は十分だった。迅さもある。相当に殺した剣だ。

求馬は凶刃を弾くと、返す刀で唐竹割りに頭蓋に振り下ろす。額から顎下までが二つに割れると、その隙間からどす黒い血飛沫を上げて斃れた。

鎧袖一触。しかし、返り血を頬から瞼にかけて浴びた求馬は、大きく息を吐いた。

「糞っ、ずらかるぞ」

残った三人が、銭を置いて駆け出していく。求馬は構えを解いて追おうとした刹那、白刃が三閃。賊たちが「うぐっ」と、悲痛な叫びを上げて転倒した。

「なに、殺してはおらん。刀背打ちよ」

八十兵衛が、刀を納めながら言った。見事な腕前だ。江辻屋の用心棒に選ばれるだけのものはある。

「荒尾さん、すみません」

「しかし、見掛けによらず凄まじい剣だな。おぬし、まるで鬼だぞ」

求馬は頭を振った。鬼なのではない。そう呼ばれるほどの腕があれば、この四人は斬らずに捕らえたはずだ。激しい怒りに我を忘れ、衝動のままに斬ってしまった。感情を律していない。まだまだ未熟なのだと、求馬は思った。

6

不寝番を終えた日。

求馬が床へ就いたのは、昼九つの鐘が遠くで聴こえる頃合いだった。店の者が走り、すぐに火付盗賊改方が出張り、あれこれと朝まで事情を訊かれたのだ。

火盗改の与力が、江戸市中を騒がしていた盗賊の一つだと語った。また捕らえた三人の中には一味の幹部もいて、立役者である八十兵衛はご満悦だった。

一方の長六も、幸松屋に犠牲が出たことを残念だと言いつつも、「あなた様の剣で救えた命もございます。そんな筧様をお雇い出来ているのは、江辻屋の自慢でございます。また、用心棒をお願いいたしますよ」と、むしろ手当を弾んでくれた。

この剣で、確かに救えた命もあった。そのことには喜びたいが、嫌な気分は拭えなかった。

幸松屋の死者は九名。その中には必死に報せてくれた、あの丁稚も含まれている。救えなかった命もあったのだ。

江辻屋を出た求馬は、八十兵衛に「どうだ、精進落としに一杯？　朝から飲ませてくれる良い店があるんだが」と、猪口でぐいっと飲む手真似をされたが、求馬は首を横にして断った。酒は好きではないし、到底そんな気分にもなれない。八十兵衛は強引に誘うこともなく、再会を約して別れた。

（それにしてもだ……）

布団に転がった求馬は、自らの右手を翳してみた。

賊を斬った感触が、いつまでも手に残る。相手はどうしようもない悪党だ。気にすることはないと思っても、それでも悪党も人。

（このまま俺は、人殺しに馴れていくのだろうか）

白刃を前にして、無様に震えることは少なくなった。少なくとも、剣客として必要な度胸はついたと思う。それは何度も死線を越えて、人を斬ったからだ。

だが、それでいいのか？　いや、駄目だ。周吉も言っていたではないか。人殺しに馴れた先には、「地獄しか待ってはおらん」と。

しかし、自分は公儀御用役になった。無辜の民を守る為に、人を斬る機会も増えるだろう。人を斬るのではなく、悪を斬る。活人の剣。そう信念を抱いても、所詮は建前であり、薄っぺらの正義の剣。体の良い言い訳。とどのつまり、人殺しであることには変わりはない。

「武士とは、人を殺す商売に過ぎぬ」

かつて、三蔵がそう語ったことがある。あれは、旅の道中でのこと。確か、甲府へ向かう途中でのことだ。

行き交う人も少ない、峠の隘路。討っ手となった武士たちが、一人の素浪人を追い込むと、寄ってたかって斬りたてていた。

一方の浪人も、生き延びる為に必死で刀を振り回した。それはもう、剣術とは言えない凄惨な殺し合いだった。

結果、浪人は膾切りにされて死んだ。武士たちも手傷を負い、血だらけの酷い有様。浪人が動かなくなった頃は、武士たちもへたばり、肩で息をしていた。

それは当時七歳だった求馬には、衝撃の光景だった。幼い目からも、双方が真剣に馴れていないのはわかったし、そうした者同士の殺し合いが残酷なものだと、まざまざと見せつけられた。

その一部始終を見ていた三蔵が、そっと言ったのだ。

「あの者らは、別に殺したくて殺したわけではなく、主君の命を受けたか、仇討ちの為に、浪人を斬ったのだろう。つまり役目なのだ。畢竟するに、武士とは人を殺す商売に過ぎぬ」

求馬は返事が出来なかった。そして、髷を摑み上げて首を落とそうとする武士たちを見入る求馬の視界を手で覆い、「どうせ斬らねばならんのなら、楽に死なせてやらねばな。その為の剣術よ」と続けた。

剣術は斬人術（ざんじんじゅつ）と見定め、強さだけを追い求めた剣鬼の、意外な一面だった。

武士ならば、人を斬らねばならない時がある。それが武士の商売だからで、どうせ斬らねばならないのなら、楽に死なせてやる為に剣を磨け。三蔵はそう言いたかったのだろう。言わんとする意味は、今になって痛いほどわかる。

一方で武士の本分、武士たる者の責務もある。それは亡き祖父・宮内が繰り返し言い聞かせてくれた言葉。

「腰の二刀は、弱き者を守る為にある。武士が米も作らずに偉そうにしているのは、いざという時に死ぬためだ」

宮内の言葉と、三蔵の言葉は矛盾はしない。結局のところは、人を殺すことには変わりないのだ。

（だが……）

人を殺（あや）めずに事を収める為にも、剣を磨く必要があるのではないか。いや剣だけでなく、精神（こころ）も。昨夜のことは、怒りを持て余した結果なのだ。

賊の殺戮（さつりく）が、舎利蔵での光景と重なり、血が沸いた。腕前だけなら、斬らずに捕らえることが可能なほどの差があった。斬らずに済ませられた相手を、怒りのままに斬り殺したのだ。

剣も精神も磨くしかない。自分は、まだまだ足りない。

「強くなろう」

と、求馬は呟いた。

＊＊＊

訪ないを入れる声で、求馬は目を覚ました。

三夜連続の不寝番。しかも、賊退治の翌日である。疲労も強く、まだ寝ていたい。居留守を使いたかったが、その声はしつこい上に、「もしこれが入門希望だったら」と思うと、寝てもいられない。

求馬は、溜息と共にゆっくりと身を起こした。

陽はずいぶんと高い。どれほど眠っていただろうか。少なくとも、昨日の昼過ぎからは寝ていたような気がする。

求馬は重い瞼をこすりつつ玄関へ出ると、着流しに深編笠の男が立っていた。

「よう」

と、男は深編笠を外す。その声に、求馬はハッとした。

共に蓮台寺での騒動を戦い抜き、時に叱咤され、時に見守ってくれた、もう一人の兄とも呼べる存在。男は、楡沼三之丞だった。

「久し振りだな」

「楡沼さんじゃないですか。一体、どこにいたんですか？」

舎利蔵の戦いの後、求馬たちは暫く蓮台寺に滞在していたが、楡沼はふらっと消えてしまっていたのだ。茉名に仕官を求められたそうだが、「城勤めなんて、やっぱり俺の柄じゃないね」と断ったという。

その日以来、楡沼の消息は不明だった。意知に訊いてみたが、「あいつは風来坊だからな。一処にじっとしているような男ではないのさ」と、知っている風ではなかった。

「方々をふらふらと。俺は俺なりに忙しいのさ」

「素浪人なのに？」

「素浪人だからさ。食う為に必死なんだよ」

「そうは見えませんけどね」

楡沼は、いつも小綺麗にしていた。旅の道中や口入れ屋で一緒になる貧乏浪人とは、明らかに違う。今も滝縞の着流しに小倉の帯と、この優男は粋に着飾っている。

本人は素浪人と言っているが、卑しさや貧しさというものが一切無いのだ。旗本の貴公子と言っても通るかもしれない。

「それよりも、聞いたぜ？　盗賊ども叩っ斬ったんだってな」

「ええ。まぁ……」

「知り合いの読売から聞いたんだが、市中で話題になっているらしいじゃないか？『麹町に剣鬼が戻ってきた』なんて言う奴もいるんだとか。これで門人が増えりゃ、世直しと一石二鳥じゃねぇか」

「そうなればいいんですけどね」

そうは言ってみたが、麹町に剣鬼が戻ってきたとしても、恐らく門人が増えることはないだろう。剣鬼がいた頃も、この道場に門人はいなかったのだから。

それから求馬は、楡沼を奥へと誘ったが、「いや、今日は茶を飲みに来たんじゃねぇんだよ」と首を横にした。

「御曹司がお呼びだよ」

その言葉だけで、意味することを求馬は悟った。

7

向かった先は、向島の小村井村だった。

その外れに、津島屋百蔵の寮がある。広大な森の中に母屋があり、そこへと至るまでに、畠や工房、使用人が住まう人家などがある。この寮自体が、小さな村に思える。

晩春の、強い日差しが森に差し込んでいる。畠で菜物の世話をする小作人、工房で制作に励む職人たち、そして洗濯や掃除をする奉公人たち。寮の景色は穏やかで、平和そのものである。

「しかし意知様と会うのは、どうしていつもここなのですか?」

母屋へ続く道を歩みつつ、求馬は楡沼に訊いた。

田沼家の屋敷は、神田橋御門内の上屋敷、浜町の中屋敷、そして鉄砲洲の下屋敷とがある。屋敷に呼び出すなり、近場で済ませれば、わざわざ向島に渡らずとも済む話ではある。

「そんなこと、俺は知らんよ。しかし、そうさな。もののついでかもしれん」

「ついでって、何のです？」

「百蔵に銭をせびるついでさ」

楡沼はそう言って笑ったが、求馬は「笑えませんよ、それ」とすかさず返すと、楡沼は肩を竦めた。

田沼親子と百蔵との関係はわからないが、何かしら繋がりがあるのは確か。それを世間では癒着と呼び、田沼批判の一端となっている。

ただ意次は、多額の袖の下を民の為、公儀の為に使っている。公儀御用役を私費で組織し、世直しの為に運用しているのも、その一環。勿論、それは秘匿されたことであり、公言出来るものではない。だからこそ、意次への批判を耳にする度、悔しさを覚えてしまう。

楡沼とは、母屋の玄関先で別れた。これから野暮用があるそうで、今回は小遣い稼ぎの為に、麴町から求馬を連れてきただけらしい。

そこからは、女中に案内された。まだ若く、あどけなさを十分に残した、雀斑が目立つ娘だった。

求馬はその女中に百蔵の所在を訪ねたが、今は不在だと答えた。今日こそは会いたいと思っていたが、何とも間が悪い。江辻屋の用心棒に、自分を推してくれた礼を言う必要があったのだが、それもまたの機会になりそうだ。

　意知はいつもの客間ではなく、月見台で茶を喫していた。それは庭園の池泉に張り出した造りになっている。意知はそこへ座布団を敷き、一人景色を眺めていた。

「そろそろかと思って、ここで待っていたのだ」

　意知は、求馬に目をやると穏やかに微笑んだ。色白で人の良さが滲み出た顔は、貴公子然としていて、得も言われぬ気品がある。どのように生きれば、こんな風になれるのだろうと思えるほどだ。

「まずは座るといい。すぐに茶を用意させよう」

　と、そこまで言った意知が、求馬の視線が茶菓に向いているのを察して、「勿論、茶請けもな」と案内した女中へ付け加えた。

　求馬は既に置かれていた座布団に腰を下ろすと、すぐに茶と茶菓が用意された。

「今日は良い陽気だな。ここは月見には持ってこいの場所だが、晴れた日もいいのだよ」

　確かに水面を薙ぐ風は心地よく、遠くに目をやれば薄っすらと筑波山が見える。そして、あの傍には茉名がいると思えば、胸が騒ぐものもあった。

「用心棒の仕事で、随分と活躍したらしいじゃないか」

「意知様の耳にも入ったんですか」

意知が頷(うなず)き、「当然。私は公儀御用役の世話役だからね」と答えた。

「しかも、四人も斬ったとか」

「駄目でしたか？」

求馬は率直に訊いた。

「駄目？　どうしてそう思うのだ？」

「役目柄、目立ってはならないとは何となく思っていましたから」

それもあるが、もう一つ意知の物言いもある。

この御曹司は意味深で、嫌な言い方をするところがある。だからって嫌いとは感じないが、見掛けとの隔たりが一層そう思わせるのだろう。楡沼などは「意知は腰が低く、身分によって分け隔てがない。時として性悪な物言いをするが、基本的には善人だし、俺のように好ましく思う者は多い。しかし、そんな意知を嫌う奴は一定数いて、しかも徹底的に嫌っている。つまり、好悪がはっきりと分かれる男だ」と評していた。その嫌な部分が出た言い方だった。

「まさか。君はやるべきことを、ちゃんとやったまでさ。むしろ、もし君が賊の凶行を見て見ぬ振りをしていたら、公儀御用役の役目を取り上げていただろうな」

「つまり、褒めているんですよね、それ」

「そう聞こえないかね？」

「なら、素直に褒めてくださいよ。意知様の物言いは、わかりづらいんですから」

求馬は茶に手を伸ばした。それは冷めた煎茶で、ここまで歩いた求馬の渇きを潤すには、十分なものだった。熱い抹茶ではなく、冷めた煎茶。意知は、そうした心配りが出来る男だ。それだけに、椈沼の言う好悪がはっきりと分かれるというのは勿体ない話だ。

「すまん、すまん。それと津島屋も喜んでいたようだ。自分が紹介した用心棒が活躍して、何とも鼻が高いとね」

「それは良かったです。俺こそ、百蔵さんに礼を言わねばならないんですよ。実入りの良い仕事を紹介していただいて。まだ会ったことがないというのに。今日も不在と聞いて残念です」

「見どころがある若者を見出すのは、あの人の趣味みたいなものでね。礼は大事だが、深く考えることもない。いずれ会うこともあろうし、その時でいいさ」

求馬は頷き、茶菓に手を伸ばした。

出されたのは、草団子だった。それが三本。団子の上に薄く餡が載っている。甘いものに目が無い求馬だが、甘過ぎるというのも好きではない。程よくも下品にならぬ程度の甘味が好みなのだ。

それを一本平らげ、もう一本に手を掛けた時、意知が「本題に入っていいかな？」と訊いた。求馬は慌てて手を戻した。

「察しはついているだろうが、新たなお役目だ。君に是非ともやってもらいたいことがある」

求馬は、意知を見据えつつ次の言葉を待った。

「信州の小県に土師という地域がある。そこで、辻神逸刀と名乗る浪人が辻斬りを繰り返しているのだ。君にはその辻神を、捕縛ないし討伐して欲しい」

「辻神逸刀……。名前は割れているのですね」

「名前だけはわかっているが、それ以外はさっぱりだ。辻神という名前も、どうせ偽名であろうし」

「当地の役人は何もしないのですか？」

意知は首肯して応えると、「恐ろしく強いからな」と答えた。

「何もしないというより、何も出来ない。それに人数を掛ければ、どこかへと逃げる。そして、暫くして戻っては人を斬り始めるのだよ。まるで獣のような狡猾さだ」

「その土師というのは、公儀の御領ですか？」

「いや、草野門弥という交代寄合の所領だ。土師を中心に、三千五百石を有しておる」

交代寄合というのは、旗本でありながら領地に陣屋を構えて居住し、一方では江戸に江戸詰めを配置。その上で大名同様に参勤をする、大身旗本のことだ。

「ならば、その草野家に恨みを抱く者の仕業でしょう」

「うむ。その見方で間違いない。襲われているのは、全て草野家の家人。つまり、武士のみが狙われているのだ。辻神逸刀という名も、殺された武士に付き従っていた奉公人だけが見逃され、その証言によってわかったものだ。恐らく下手人は、辻神という名前を知って欲しいらしいな」

「そうですか。草野家中で、何かしらの問題を抱えているのかもしれませんね。ただの辻斬りならば、土師という場所にも、草野家にも執着しないと思います。むしろ、一箇所での凶行も、そして二刀を差した武士を襲うのも避けるはずです」

「その通りだ。実はこの一件、君の前に他の者に命じていたのだよ。詳しい情報は得られなかったが、その者も草野家中に、何かしらの秘密があると睨んでいたようだ」

「俺の前にって、他の公儀御用役でしょうか？」

「ああ。だがな、同行していた密偵を含め、逸刀に斬られてしまった。ゆえに、詳しいことは一切わからぬ」

公儀御用役は、自分の他に幾人かいると、意知は言っていた。斬られたのは、その一人。そして密偵は、蓮台寺で旅を共にした百面の音若のような者だろうか。

「公儀御用役は、君を含めて凄腕揃い。特に斬られた男は、桃井継一郎という御家人で、柳生新陰流の剣客だった。それほどの者を斬った辻神という男は侮れない」

求馬は息を呑んだ。桃井という男は知らないが、同役の仲間を斬られたことになる。改めて公儀御用役の厳しさを実感すると共に、ふつふつと燃えるものを求馬は覚えた。

「草野家は家人を多く失い、治世が滞り始めている。このままでは改易も止む無しであるが、当主の門弥は失うには惜しい人材であるし、何より私の友人でもある。求馬よ。土師には音若が先に向かっている。当地で合流し、事件の解決に当たってくれないか？」

「勿論です。俺にどこまで出来るかわかりませんが、音若さんが一緒ならやれる気がします。それに、断る選択肢などありませんよ」

すると、意知は安堵をする表情を浮かべた。

「それは良かった。君が信念として掲げる、武士が二刀を帯びる理由。『腰の二刀は、弱き者を守る為にある』の弱き者に、武家は含まれていないと思ったんでね」

「ほら意知様は、そうやって嫌な言い方をする」

それから支度金を渡され、役目についての話は終わった。

求馬が不在の間、江辻屋の用心棒は腕も人品も申し分のない者で穴埋めをしてくれるらしく、また花尾道場にも適当な理由で話をつけてくれることになった。また求馬からは、徳前屋庄兵衛の暗躍について一応の報告をした。意知はやや驚きながらも求馬の報告を聞き、人を動かして庄兵衛を探ると同時に、蓮台寺藩へも掛け合うと約束してくれた。

＊＊＊

出発は三日以内ということになり、求馬は寮を出た。

今度の目的地は、信州の小県。江戸からだと、中山道で向かうことになるだろう。

（新たな旅だ……）

気が重くなるものを感じなくもないが、同役の仲間が斬られた衝撃は、思いの他に大きかった。

当然、今までにも斬り合いはあったし、旭伝には何度も斬られそうにはなった。死は遠いものではなかったが、それでも改めて役目の厳しさを痛感し、肌に粟(あわ)が立つ心地である。

（でも、音若さんもいるなら大丈夫だ）

音若とは、暫く会っていない。最後に会ったのは、共に鬼猪一家の一件を解決してからだ。江戸に帰還し、「では、いずれまた」と別れて以降は音沙汰(おとさた)が無かった。

求馬としては、音若は頻繁に会って話をしたいと思える、数少ない人間の一人だ。蓮台寺への旅で共に茉名を守り、舎利蔵でも、そして鬼猪一家とも戦った仲である。歳は違えど、友と思える感情を抱いていた。それでも、付き合いをしようとしないのは、公儀御用役の役目柄であろう。

求馬の足は、小村井村を抜けて、北十間川(きたじっけんがわ)に掛かる境橋(さかいばし)が見えてきた辺りで止まった。

時刻は夕暮れ。百姓家や田園風景は、茜色(あかねいろ)に染まっている。この時刻だ。人通りは無い。

強烈な殺気だった。それが、明確に自分へ向けられている。周囲に目を配るが、特に刺客らしき姿は確認できない。どこかに潜んでいるのだろう。

求馬は、殺気をどう対処するべきか一瞬迷った。

この橋を渡れば、亀戸境町。元禄年間に町並地となった町家があり、そのすぐ近くには名園・亀戸梅屋敷がある。一気に橋を渡って駆け抜ければ、無用な斬り合いをせずとも済む。

が、それよりも先に、一抱えもある銀杏の木陰から、杖を突いた禿頭の按摩がのっそりと現れた。

「筧求馬だね？」

按摩がそう訊いて、白濁した両の眼を向けた。見えているのか、見えていないのかわからない。しかし、自分に向けられている殺気は本物だった。

もうこれでは逃げられない。求馬は大宰帥経平の重みを意識して、腰をやや下ろした時、按摩の杖から刃の鈍い光が走った。仕込み刀だったのだ。

無言で按摩が殺到する。求馬も、一刀を抜き払って駆け出した。

按摩の仕込み刀は、直線に構えている。だが、このままであるはずがない。恐らく、変幻の剣だろう。ならば、相手の風を感じて、動かすのみ。

按摩の刃が、大きくしなって動いた。それはまるで、生きている蛇のようだ。牙を剝いて飛びかかり、脇腹を掠める。

（浅いっ）

と、判断した求馬は、構わずに大宰帥経平を刎ね上げた。仕込み刀を持ったまま右腕がぼとりと落ちた。按摩が跳び退くと、背中を見せて田圃の中へ飛び込んで逃げ去った。

「退いてくれたか」

求馬は、残された右腕に目を落として呟いた。

暗殺に馴れた使い手ではあったが、何とか斬らずに済んだ。だが、それは今回はたまたまなだけで、次はどうなるかわからない。

求馬は脇腹の傷に手をやった。薄皮一枚。何とか命拾いをした。

求馬は残された仕込み刀を拾い上げると、左右に大きく振った。音を立てて、大きく左右に曲がる。しかも両刃の剣。本邦のものではない。恐らく、唐土などの異国の代物だろう。

（まさか、こんな得物の使い手を雇うとは……）

何が何でも殺す、という意思の表れだ。となれば、庄兵衛はこれに懲りずに、続々と刺客を送り込んでくるだろう。
（仕方がない。これも人を斬った罰であり、責任だ）
受けて立つしかない。だからとて、なるべく殺したくもないと、求馬は思った。

幕章　天稟を持つ者

1

行く手を遮られた。

七人の武士だった。袖無しの打裂羽織に野袴。それらの野服は旅塵に塗れ、長い旅をしてきたことがわかる。

奥州街道。喜連川城下を過ぎ、弥五郎坂を下りきった辺り。もう暫く歩けば、鬼怒川の河川舟運拠点である阿久津河岸で賑わう、氏家宿がある。

その氏家に入らせまいと言わんばかりに、七人は待ち構えていた。

「探したぞ、由良信丸」

七人の中の一人が、前に進み出て吼えた。

全員が、肩幅が広く筋骨逞しい。相当に剣の修行をしたことがわかる。しかし、この者たちは誰だろうか？　と、信丸は思った。

（見覚えは無いが、私の名前は知っている……）

元来、人の顔を覚えるのが苦手ではある。というより、興味が無いことは頭に入らない。友好的な雰囲気でもないところを見ると、知らず知らずのうちに恨みを買ってしまったのだろう。

そうしている間に、七人は信丸を取り囲んでいた。逃すまいとする強い意志を感じる。

「さて、これはどういうことでしょうか」

「忘れたとは言わせんぞ。おぬしは前鬼流の天童兵五郎先生と立ち合われたはずだ」

「前鬼流……ああ」

信丸はハッとして、口許を緩めた。

「覚えていますよ。ええ、忘れるはずはありません。だって、私は鬼眼流を使いましてね、同じ〈鬼〉がつく流派同士、どっちが強いか試したんです」

そうだ。一昨年の秋頃だったか。信丸は主君であり、剣の師でもある鷲塚旭伝に命じられ、奥羽への廻国修行を始めたばかりの頃の立ち合いだった。

奥州街道を北へ北へと進む中で立ち寄った仙台藩城下。そこで〈前鬼流天童道場〉と墨書された看板が目についた。「これは面白い」と思った信丸は早速とばかりに指南を乞うたが、他流試合は受け付けないと相手にされず、ならばと「流派に鬼の名がついてはいますが、そうした掟に縛られて何の鬼でございましょう。所詮はお稽古剣術でございますね」と挑発し、立ち合う運びとなった。

そこで信丸は、師範代を含む門人五名の肩や腕、そして脚を木剣で叩き折り、最後は兵五郎の頭蓋を割って殺害している。

「我々は、天童先生の門人と一族の者だ。先生は剣客であったが、伊達家中でも名門のお生まれでもある。その先生を討たれ、おめおめと貴様を生かしてはおけぬ」

「ほほう」

これは面白いことになりそうだと、信丸は眉を動かした。

陽はまだ高いが、周囲に人影は無い。辺りも適度に広い野原になっていて、暴れるにはちょうどいい。

「こいつ、笑っていやがる。面妖な奴め」

そう七人の中の一人が言った。信丸は、「ああ申し訳ない」とすぐに顔を手で覆った。

顔のことはよく言われる。色白で女形のようだとか、狐のようで薄気味悪いとか。時には旭伝の寵童とも陰口を叩かれることもあった。

「しかし、私は嬉しいですよ。真剣で斬り合う機会というのは、滅多にあることではない。人を斬れば罪になりますし、無用な殺生は避けよと先生には厳命されております。しかしながら、仇討ちでは仕方ありませんね。相手にせねば、礼を失することになります」

「貴様、正気か？」

その問いに、信丸は妖しげな笑みで応えただけだった。

信丸は、剣が好きだった。剣が好きというより、旭伝の剣が好きなのだ。まどろっこしい思想を排し、斬人術としての剣。ゆえに、その根本とも言える人斬りも大好きだ。

しかし、人を斬る機会はそうそうない。辛抱出来なくなれば、夜な夜な市中に繰り出し、物乞いや無宿者を狙って辻斬りをするが、度が過ぎると役人に追われるし、旭伝にも迷惑が掛かる。だから、こうして相手から仕掛けてくるというのはありがたい。

（それに、七人というのは何とも痺れる……）

相手にするのは骨だが、よくよく考えると、七人斬っても文句は無いわけだ。そして七つの命の分だけ、この由良信丸の剣の血肉になる。

剣は強さが全て。強さこそが至高の価値である。そして、剣の強さは人を斬って磨かれる。

「斬れ」

誰かが叫び、一斉に抜刀した。

七つの切っ先の全てが、自分に向いている。殺気、殺意を帯びた獰猛な牙の前に身を晒し、信丸は愉悦の極致にいた。

(これぞ、闘争の醍醐味だ)

このような戦いを幾度も勝ち抜けば、崇拝する鷲塚旭伝に辿り着けるのかもしれない。

信丸は、腰の一刀をするりと抜いた。「無銘だが、よく斬れる。お前にはぴったりだ」と旭伝に譲られたものだ。これまでに随分と斬ったが、斬れば斬るほど冴えが増しているような気がする。

一人が気勢を上げて、斬り込んできた。それから堰を切ったかのように、次々に襲い掛かってくる。

素晴らしいと、信丸は思った。

こんな機会は滅多にないし、絶対に無駄にしてはいけない。どうせ斬るならば、この立ち合いを実りあるものにしなければ、罰が当たるというものだ。

（一刀で決めよう）

信丸は咄嗟に目標を立てた。つまり、七振り七殺。

まず最初に斬り込んできた男の胴を抜き、振り返り様にそこにいた武士を、横薙ぎの一閃で顎から後頭部に掛けて両断。返す刀で、もう一人を袈裟懸けに斬り下ろした。

これで三人。

絶叫と共に、後方から突きが来た。迅いが、踏み込みが足りない。人を斬ったことがないから、最後の一歩が出ないのだ。

その突きを鼻先で躱し、くるりと背後に回って、首筋を斬り下ろす。次は年嵩の武士。目が合った。慌てて構え踏み出そうとしたが、それより早く信丸が殺到し、すれ違い様に首を刎ねた。その傍には、若い武士がいた。無理やりに元服させたような、十にも満たない子どもだった。信丸の剣に恐れをなしたのか、袴を湿らせている。信丸は鼻を鳴らして、逆袈裟に斬り上げた。

これで六人。

「人を斬るのが、そんなに楽しいのかよ」

　残った最後の一人が言った。

「愚問ですね。私が嫌々斬っているように見えますか？」

「この化け物め」

　何と言われようが、信丸にとってはどうでもいいことだ。旭伝以外に好かれようとも、尊敬を集めようとも思っていない。師のような剣客になること以外、興味の無いことなのだ。

「それで、あなたはどうしますか？」

「遠慮すると言ったところで、お前は見逃しはしないだろう？　それに逃げ帰っても、俺の居場所は無い」

　と、残った一人は逆袈裟に斬られた、若い武士に目をやった。

「天童先生の一人息子だ。そして、貴きお血筋でもあった」

「それは残念です。戦場（いくさば）に出すから死ぬことになる」

「だから、お前を斬るしか道は無い」

　最後の一人が吶喊（とっかん）した。大上段からの一閃。死を覚悟した斬撃だ。

　美しいと、信丸は思った。

　自分が生還することを考えていない。ただ、この命を奪うことだけを考えた、捨て身の一刀である。

それゆえに、気迫も殺気も十分だ。この七人の中では、一番の使い手だったろう。

そんなことを考えつつ、信丸は最後の一人の胴を薙いだ。

2

旨い酒だった。

肴は、塩を荒く振られた雉の串焼きである。肉を嚙むと、じゅわっと脂が滲みだす。それと塩が合わさると、何とも言えぬ美味しさがあるのだ。

宇都宮城下、今小路町にある居酒屋である。土間に机が四つ並べられ、奥には小上がりが一つだけある小さな店。客は自分の他に、町人風が二組、五名。店は小さいなりに盛況に見える。

その店の隅の席で、信丸は串焼きを肴に、手酌で酒を傾けていた。

弥五郎坂で七人を始末した信丸は、足早にその場を立ち去ると、鬼怒川を渡って氏家と白沢の宿場を素通りし、夕暮れ前に宇都宮に入っていた。

「これと同じものを、二本」

信丸は、串焼きの最後の一本を食べ終えると、板場に向かって声を掛けた。板前は背を向けたまま、「あいよ」と愛想の無い返事で応えた。

別に信丸には、美食趣味はない。しかし、幼い頃の飢えた経験から、〔食べられる時には、遠慮なく食う〕が習い性になってしまった。当然ながら、旭伝の許しがあればだが。

しかし、酒を旨くしているのは、何も肴だけじゃない。この手に残る、七人の命の感触が、より酒を美味にしている。

（あんな経験は初めてだ）

と、信丸は日中の闘争を思い出しつつ、猪口を傾けた。

痺れるような時間に、信丸は顔を緩めていた。七人と同時に立ち合っただけでなく、全員を一刀で斬り捨てることが出来た。

これも廻国修行の成果と言うべきか、二年の旅を締めくくるに相応しい、成長の証ではないか。

となれば、もう旅に思い残すこともない。一刻も早く蓮台寺へ戻り、旭伝に成長した姿を見てもらいたい。

（よくぞ戻ったと、先生は褒めてくれるだろうか……）

二年前、信丸は旭伝の命で奥羽への廻国修行を命じられていた。正確には執行外記による人材育成の施策として、藩費によって修行に出された。

当初、信丸は乗り気ではなく、むしろ固辞していた。旭伝の傍を離れて何を学ぶというのか？　旭伝と共にいた方が学びが多いと思っていたし、そもそも自分は旭伝の従者であり下僕であって、蓮台寺藩士ではない。しかし旭伝の命令であれば、断るという選択肢は、自分は持ち合わせていない。結局は奥羽へと旅に出ることとなった。

厳しい寒さと、不作が続く厳しい環境。精強かつ頑迷な武士の気風。見たことも聞いたこともない、奇抜な一手を繰り出す未知の流派。嫌だ嫌だと言いながらも、二年に及ぶ廻国修行は実に充実したものであった。二年の区切り、そして旭伝の存在がなければ、津軽海峡（つがるかいきょう）を渡って蝦夷地（えぞち）にすら渡っていたかもしれない

追加の串がすぐに出され、早速食らいついた。それを見ていた板前が「気持ちのいい食べっぷりでございやすな」と言っている。信丸は気にせずに口一杯に肉を咀嚼（そしゃく）し、それを酒で流し込んだ。

昔から顔に似合わず、食べ方が汚いと言われていた。それは旭伝も苦笑するほどで、何度か行儀を身に付けようとしたが、それではどうしても飯が旨いと感じず、

結局は「ご重役の前だけ気を付けてくれたら、もうそれでいい」と諦めてくれた。

そうした信丸の食べ方を、「お里が知れる」と陰口を叩く者もいるが、知れたお里と開き直っているので、そんな罵詈雑言は気にもならない。

今となってはおぼろげな記憶ではあるが、自分は武士の子でもなく、百姓の子でもない。人別帳に名前の記載すらない、卑しい身分である。だが、そんなことはどうだっていい。旭伝の下僕であれば、それでいい。

酒肴を平らげた信丸は、銭を机に置いて店を出た。金には困っていないので、好きなものを食える。藩費は使い切ったが、道場破りや果し合い、辻斬りで得た銭がたんとあるのだ。旭伝に拾われる前を思えば、贅沢な暮らしをしている。

夜風が心地よかった。旅籠へ向かって、つらつらと歩く。酔いは僅かで、感覚を鈍らせるほどではない。

信丸は、足を止めた。闇の中に何かいると察知したのだ。殺気は感じないが、気配だけがある。しかも、それは意図的に気付かせようとするものだ。

町家が途切れる、道と道が交差する辻。暫く待ち、人の存在を確信した信丸は、「逃げはしない。出てくるといい」と告げた。

闇の中から、男が二人進み出た。縦縞の着流しを小倉帯で決めた、やくざ者である。

「私に何か？」

信丸が訊くと、やくざ者は「へい」と低い声で応えた。相変わらず殺気は感じない。しかし世の中には、殺気を放たずに斬るような使い手もいる。信丸は気を抜かずに、次の言葉を待った。

「手前どもの主人が、由良様にお会いしたいと申しております」

「私は会いたくないな。今夜は良い気分のままで、床に就きたいのですよ」

「鷲塚旭伝のことでございやす」

その名を耳にして、信丸は大きく踏み込み、やくざ者が反応する暇も与えず、両肩を摑んでいた。

「今、なんと言った？」

「鷲塚旭伝と」

信丸は咄嗟に振り返ると、傍に立っていたやくざ者に一閃を浴びせた。納刀と共に、首がポロリと落ちる。

「口の利き方には注意した方がいい。鷲塚旭伝〝様〟だ」

さっきまで肩を摑まれていたやくざ者が、小刻みに何度か首肯で応えるのを見て、信丸は「わかればいいのです」と告げた。

「それでは案内してもらいましょうか、旭伝先生のことであれば、聞かぬわけにはいきませんから」

＊＊＊

怯えたやくざ者に案内されたのは、そこから然程離れていない、小さな伽藍を持つ寺だった。

本堂に入ると百目蠟燭が煌々としていて、本尊の下に白髪の老爺が待っていた。

「これはこれは。お越しくださりありがとうございます」

と、老爺は自分の前に座るように、手で示した。

「わたくしは、徳前屋庄兵衛と申します。由良信丸様でございますね」

信丸が腰を下ろしつつ、「そうですが」と答えた。

徳前屋庄兵衛。その名は、市井に疎い自分でも知っている名前だ。旭伝が仕える執行外記と共に、〔三奸〕と呼ばれる豪商と、記憶している。

「しかし、変わりましたねぇ。以前に比べて、すっかりと精悍な顔つきになられて。

これも廻国修行の成果でしょうか」

「……以前、私とどこかで？」

「おや、覚えていらっしゃらない？　直接、こうしてお話をするのは初めてではございますが、お会いするのは三度目になりますよ」

「すみません。私は人の顔を覚えるのが苦手なものでして」

信丸が素直に言うと、庄兵衛は「構わぬ」と言わんばかりに頷いた。

「それで、あなたの手下に旭伝先生についての話があると伺いましたが」

「左様。その鷲塚様のことでございます。非常に申し上げにくいのですが……鷲塚様は、お亡くなりになられました」

この男は、何を言っているのだろうか。先生が、お亡くなりに？　下手な冗談だ。いや、冗談にもならない。私の前で、先生が死んだと言うなど万死に値する。

信丸が脇に置いた無銘に手を伸ばすと、庄兵衛が、「まずはお話を」と、右手を差し出して押し留めた。

「先生が死ぬはずがありません」

「由良様が鷲塚様へ向ける、赤心は重々存じております。ゆえに訃報をお伝えするのは、心苦しくはあるのですが……。鷲塚様は斬られたのでございます。尋常ならざる立ち合いの末に。深妙流、筧求馬という男によって」

それから庄兵衛は、旭伝が死んだ経緯を説明した。少弐茉名。田沼意次。政争。舎利蔵。そうした言葉が続いたが、何一つとして頭に入らなかった。

旭伝が死んだ。筧求馬によって斬られた。その事実という鈍器に、頭を殴られた気分だった。

「先生が、敗れたのか……」

信丸は吐き気を催し、咄嗟に口を手で押さえた。全身が瘧のように震える。それほど、激しい怒りが湧き出ていた。そして、憎悪。筧求馬という男が憎い。血が逆流するほどに。

政事など興味は無い。死んだ経緯などどうでもいい。権力争いも、執行外記も。ただ、求馬が憎い。斬らねばならぬ。その為に、まず何をすべきか？　それは冷静さを取り戻すことだ。どんな卑怯な手を使おうと、求馬は旭伝に勝ったのだ。卑怯な手も勝利は勝利。そこは弁えている。それほどの男を前にして、冷静さを失えば必ずや敗れる。

信丸は、「失礼」と言いつつ顔を上げた。怒りは、腹の中に抑え込んだ。旭伝が常々言っていたことだ。感情を律しろ。怒りに身を委ねるな。私にはそれが出来る。

「それで、あなたは先生を見捨てたわけですか？」

信丸の射貫くような視線に、庄兵衛は怯む素振りも見せずに、ただ首を振った。

「わたくしめは、商人でございます。弓馬のことについてはわかりませぬ。しかし、商人には商人の戦い方がございましてな。あなたさまにお会いしたのも、その一つ」

「それであなたは、私に筧求馬を斬れというわけですね」

「左様。あなた様が、鷲塚様の意趣返しをお望みでしたら。その為の援助は惜しみませぬ」

当然だと言わんばかりに、信丸は頷いた。

斬るに決まっている。旭伝は師であると同時に、父と呼べる存在。そして何より、命の恩人なのだ。

十四年前の奥信濃。六歳だった信丸は、行き倒れた弟を山犬の群れから守っていた。

どうして行き倒れになったのか、今となってはよく覚えていない。ただ遠い記憶を辿れば、襤褸の着物と饐えた臭いを纏いつつ、父と弟と三人で物乞いをしていた光景だけは微かに残っている。

いつの間にか父がいなくなり、三つ年下の弟と二人だけになった。奥信濃の寒村を回り、物乞いをしつつ父を探したが、程なくして弟が険しい山中で動かなくなった。

そこへ現れた山犬の群れ。新鮮な肉を目の前に、涎を垂らしつつ牙を剝き、獰猛な唸り声を挙げていた。

信丸はその山犬を前に、棒切れを振り回していた。弟を守る為。そして、自分自身が生き抜く為。そんな折に現れたのが、旭伝だった。旭伝は棒を振り回す信丸を暫く眺め、そして群がる山犬を斬り捨てて助け出してくれた。

弟はそれからすぐに息を引き取り、信丸は旭伝の従者、そして弟子となった。

それ以来、信丸にとって旭伝は全てだった。命を与え、剣を授けてくれた。読み書きも礼儀も、そして由良信丸という名前も。

この世で最も貴き存在を奪われた。奪われたままで、いられるはずはない。

「無論、筧求馬は私が斬ります。斬らねばならない」

＊　＊　＊

宇都宮を急いで発ち、夜を日に継いで日光街道を南下して江戸へ入った。

目指す先は、麴町にある深妙流覧道場。

春の暮れ。日差しが強い昼下がりだった。道場を兼ねた屋敷の入り口には〔深妙流覧道場〕と看板が掲げられているが、その門扉は固く閉じられている。

「残念だが、今は留守だぜ？」

不意に声を掛けられた。背後。気配を感じ取れず、信丸は咄嗟に振り返った。

「あなたは」

そこには、意外な男が立っていた。仙波迅之助である。

迅之助も、野服に身を包んでいる。この男も、藩庁の命令で廻国修行に出る手筈になっていた。ここにいるところを見るに、旭伝の訃報を聞いて駆け付けたのだろう。

「信丸、お前も徳前屋に唆けられた口か？」

「すると、あなたのところにも現れたのですね」

迅之助は首肯して応えた。

「でも、断ったけどな。俺は斬り合いが好きじゃないし、あんな奸商の手下のような真似はしたくもない。それに執行派が瓦解した今、先生の仇討ちなど一文にもならん」

「実に軽薄なあなたらしい言い様だ。でも、私は斬りますよ。先生には大恩があるので」

迅之助はこんな男だ。剣の腕は認めるが、それだけだ。言葉は軽く、行動にも重みがない。所詮は恵まれた武士の子弟。だからこの男の言葉は、一々気に留めない。好きか嫌いかと言われたら嫌いだが、旭伝に仲良くしろと命じられているので、適度に付き合ってはいる。

「筧求馬って男に会ったんだが、そう悪い奴には思えなかったな。徳前屋なんぞは、先生との立ち合いについてあれこれ言ったと思うが……」

「そんなもの関係ありませんよ。筧求馬が生きていることが、私は認められないのです」

「お勧めはせんなぁ。奴は老中・田沼意次の嫡男から、随分と気に入られているそうだ。何でも秘密裏に役目を与えられているらしく、蓮台寺のお家騒動に関わったのも、その一つ。つまり、斬れば身の破滅だろうよ」

「だから、構わないと言っているでしょう。先生の仇を討てれば、この身など……」

迅之助は嘆息すると、「まぁいいさ」と独り言ちた。

「お前、蓮台寺に戻るのかい？」

「筧求馬を斬るまでは、戻るはずがありません。いえ、旭伝先生がいない今、蓮台寺に戻る理由がない。仙波さんとは違いますから」

「まぁな。だが、俺も戻らないよ。徳前屋の手下が、新吉原で朝寝をしていた俺に、筧求馬の行き先を耳打ちしたんでね。仇討ちなんざしねぇが、ちょいと見定めてやろうかとは思っている」

「なら、私にも行き先を教えてくださいよ」

「嫌なこった。それに、お前の前にも徳前屋の野郎が現れるだろうさ」

迅之助はそう言い放つと、哄笑して背を向けた。軽薄なこの男を、やはり好きにはなれない。性格も行動も癪に障るところはあるが、剣だけは認めている。だから、いつか本気で立ち合ってみたいとは、信丸は常々思っていた。その時は勿論、竹刀でも木剣でもなく、真剣である。

第二章　活人剣、迷いの道

1

旅は順調だった。

天候にも恵まれ、気候もいい。それに、中山道は慣れた道である。三蔵に付き従って、馬籠にある同門の道場まで、何度か旅をしたことがあるのだ。

払暁前に江戸を出立。初日ということもあって、多少無理をして鴻巣宿で草鞋を脱いだ。

到着した頃には、夜の気配が宿場全体を包んでいた。それは、この宿場がもう一つの顔を見せる時間の始まり。鴻巣宿は、傾城街でもあった。

求馬は宿場女郎を置かない平旅籠を探したが、その間にも執拗な客引きに遭った。

元々鴻巣は農作物の集散地、地場産業である雛人形の産地、そして女郎が集う飯盛旅籠で賑わっていたらしいが、明和四年の大火によって、本陣や脇本陣を含む宿場の主立った施設は灰燼に帰した。それから十一年。幕府からの援助で復興し、かつてのような紅灯艶やかな宿場へと戻っている。

勿論、求馬はそんなものには興味が無い。さっさと平旅籠を取り、湯屋で全身を湯豆腐のように柔らかくして、そそくさと床に就いた。江戸から約十二里八町も歩き通したのだ。それに、これから控える難所を考えれば、余計なことを考える余力は無い。

翌日も晴れていた。しかし、昨日はかなり疲れていたからか、旅籠を出たのは五ツぐらいの時分だった。

当初の計画では七ツか七ツ半と、早立ちをしようと思っていたが、思った以上に深く眠ってしまっていたようだ。

今日は鴻巣から九里ほど先にある、本庄宿に用件がある。行きがけに届けてくれと、意知から書状を預かったのだ。

渡す相手は、本庄で中屋という店を営む、戸谷半兵衛という豪商だった。太物から小間物、荒物を取り扱い、江戸の室町にも支店を出していて、かなり名の知れた存在だそうだ。

そんな男への意知からの書状。田沼家と豪商の繋がりにきな臭いものを感じなくも無いが、それは敢えて考えないようにした。そして宿泊はその先の、新町の宿場で考えている。中山道の旅では、一泊目は桶川で二泊目は深谷と相場が決まっているが、初日で鴻巣まで進んだので、今日は新町ぐらいだろうと、何となく踏んでいた

遠くに薄っすらと見える富士を眺めつつ、熊谷を越えて深谷を目の前にした頃、木陰で腰を下ろした老婆の前を通り掛かった。休んでいるのかと思ったが、頻りに腰を擦っているところを見ると、どうやら腰を痛めたらしい。他にも旅する者はいるが、誰も見向きもしない。気付いていないのか、休んでいると思っているのか。

先を急ぐ旅であるが、この老婆を見捨てて何が公儀御用役か？　と思う。赤松次郎大夫の領地を牛耳る鬼猪一家の一件で、求馬は茉名の蓮台寺入りを優先したことにより、一家の横暴を見て見ぬ振りをした恰好になっていた。蓮台寺の騒動を片付け、すぐさま鬼猪一家と決着をつけはしたが、その間に殺された者もいて、「もっと早く自分が助けていれば」と深い後悔を抱いていた。音若には、「人間は阿弥陀様じゃございやせんから、全てをその御手でお救いなんざ出来ませんぜ」と言われたが、それでも後悔は消えてはおらず、自分が殺したとさえ思ってしまう。だからか、出来る限りの人助けはしようと心掛けている。

「お婆さん、どうかされましたか？」

と、求馬は老婆に声を掛け、家まで背負ってやることにした。幸い老婆の村は近いという。もし遠ければ、宿場で人を手配するつもりだった。

老婆の話によれば、深谷の商家へ奉公に出た孫に会いに行った帰りらしく、運悪く腰を痛めて動けなくなったらしい。

老婆は感謝の言葉を繰り返し、途中から孫の自慢話へと変わった。孫はせっせと働き、給金を送ってくれているという。求馬には祖母がいない。母すらいない。だから、老婆の孫が少し羨ましかった。

老婆を村まで送り届けると、求馬は再び中山道へと戻った。老婆の家族から、お礼に昼餉でもと誘われたが、先を急ぎたかったので古漬けの沢庵を添えた、握り飯だけを貰った。

その握り飯を頬張りつつ求馬は歩調を速めたが、本庄の宿に入った時には、陽が傾きかけていた。意知から頼まれた用事がさっさと終われば、新町まで進むことが出来るかもしれない。

お目当ての半兵衛の店は、新田町にあった。立派な間口に立っていた丁稚に、田沼意知からの御用だと告げると、すぐに番頭が駆け付けて奥へと案内した。求馬は固辞したが、「そうはいきませぬ」の一点張りで、結局は断ることは出来なかった。

待っていたのは、七十は越えるであろう老爺(ろうや)だった。身体は随分と細く小さくはなっているが、背筋はしゃんとしていて矍鑠(かくしゃく)としている。

その老爺はしゃがれた声で、自分が半兵衛であると告げた。

「左様にございますか……」

半兵衛は意知からの書状を繁々と読み込むと、求馬に目を向けた。その眼光は意外にも鋭く、衰えても未(いま)だ現役と感じさせるものがある。

「ご無礼はご承知で申し上げるが、寛様はどうにもお強そうにはお見受けしませぬのう」

「それについては、よく言われます。実際、自分が強いとは思いませんし、見てくれだけはどうにもならず」

思わぬ一言に、求馬は苦笑するしかない。強そうに見えない、覇気が無い。それはいつも言われることであるが、もう半ば諦(あきら)めている。

「しかし、田沼様がお認めになったお方。それに、蓮台寺では随分とご活躍されたようで」

「活躍というほどではございません。それに一連の戦いで、私は何度も敗れています。死んでこそいませぬが」
「死んでいないのなら、負けではございませぬよ。それは商いと同じでございまし
てな。死ぬか、心を折られることこそが、真の意味での敗北でございましょう」
「何度も死にかかりました。心も折れかけました。それでも生きているのは、支え
てくれた人たちがいたからだと思います」
脳裏に浮かんだのは、茉名の顔だった。そして楡沼、音若、仙十郎、伊織。そし
て、意知に兄夫婦。何かにつけ、支えてくれた人たちがいたからこそ、今もこうし
て生きていられる。何か一つでも欠けていたら、舎利蔵で旭伝に斬られていたはず
だ。
「よろしゅうございます」
何の脈絡もなく、半兵衛が言った。何が良いのか？　会話の流れからはさっぱり
わからない。
「わたくしども商人が日々暮らしていけるのは、商品を買ってくださるお客さまが
いてこそ。いや、それだけではございませぬ。商品を作る職人、原料を育てる百姓、
荷を運ぶ人足、そして安全な物流。全てが整っておりませぬと、健全な商いは出来
ない。ですので、中山道の平穏を保つ為に、田沼様にお力添えをしておるのです」

求馬は、次の言葉を待った。相手の調子を狂わせるような物言いは、半兵衛の癖なのかもしれない。

「この書状には、あなたさまが公儀御用役としてお役目を負っていること、そして中山道に於いては、是非とも協力して欲しい旨が記されておりました」

「あなたは、世直しの同志なのですね」

「左様。公儀御用役の方々が中山道でお働きになる際には、わたくしが協力しているのでございます」

と、懐から中屋の暖簾印と、半兵衛の名が焼き印された木札を取り出し、求馬に差し出した。

「これは？」

「わたくしにとって、大事なお客様である証でございます。これがあれば、どの旅籠でも自由にお泊まりいただけます。他にも色々と融通も……」

「自由ってそれは」

「お代が掛からぬということです。いや厳密に言えば、費用の払いを中屋が肩代わりをするという寸法なのですよ」

「それはありがたいことではあるのですが」

「わたくしども、中屋に出来ることはこれぐらいのことでございますゆえ。何も気にすることはございません。銭はちゃんとわたくしが払うわけでございますし」

話はこれで終わった。だが結局は日が暮れ、この夜は半兵衛の屋敷で一泊することになった。

深谷では老婆の、本庄では老爺の話し相手になることになったが、どちらの老人も同じことを言っていた。

「これから先、山賊には重々お気を付けなされ」

2

想像以上の難所だった。

道が狭く、急勾配。その上、幾重にも曲道が続くつづら折りとなっている。落石も多いらしく、脚には些かの自信がある求馬でも、この峠路は厳しいものがある。

碓氷峠。江戸から進む中山道で、最初の難所である。

この険しさゆえに、中山道の脇往還である下仁田街道を選ぶ者も多い。中山道の本庄から沓掛・追分間にある借宿村に通じる街道で、碓氷峠を避けることが出来る。

求馬は本庄で面会した半兵衛にも、この下仁田街道を勧められたが、安中城下で会うべき人間がいたので、そのまま中山道を進むことにした。もう一通、意知から書状を預かっていたのだ。

渡すべき相手は、半兵衛のような商人ではなく、城下外れにある古刹の住持だった。住持は五十半ばで、僧侶にしては剣呑な雰囲気を漂わせていた。

求馬に向ける、鋭い眼光。隙を見せない身のこなし。鍛え込んでいることがわかる体軀。恐らく、生粋の僧侶ではない。言うなれば、音若や伊織のような戦いの中に身を置いた者だけが持つ空気を感じさせる。

その住持は書状を一読すると、一つ頷いて「委細承知」とだけ告げた。

(さて、何を承知したのか……)

書状の中身は知らされていないので、さっぱりわからない。だがこの男も、戸谷半兵衛のような協力者なのだろう。しかし住持は、些細な追及をも許さぬ雰囲気を醸し出していたので、求馬は足早に寺を去った。

意知は意次に代わって、何か大きなものを動かしている。その一端を半兵衛とこの住持から感じたが、求馬が詮索することでもないと、頭を切り替えた。自分は役目の行きがけに書状を渡しただけに過ぎない。

「さて、どれほど来たかな……」

　求馬は杖（つえ）を片手に、空を見上げた。晴れているはずなのに、緑の樹木に覆われてか、全体が薄暗い。どうにも、陰気な場所である。

　碓氷峠の難所の一つ、刎石坂（はねいしざか）を何とか登り、〔力餅（ちからもち）　わらび餅〕と記された茶屋で、麦湯と餅を餡（あん）で包んだ力餅を腹に流し込んだ後だ。好物の甘味で体力は取り戻したが、碓氷峠はまだまだ終わりそうにはなかった。

　昨晩は、坂本宿（さかもとじゅく）で一泊をした。元々は何もない場所に拓（ひら）かれた宿場だけあって、整然として美しい町割りが印象的だった。また周囲の耕地は全て畠（はたけ）で、山林を利用した炭焼きも盛ん。高地だからか稲作には向かないなど、飯屋で一緒になった百姓から教えてもらった。

　こうした土地（ところ）の風情や民情に触れる。それも旅の醍醐味（だいごみ）だ。知見も深まるし、何より知らないことを知るのは楽しい。

（しかし、この峠には長居はしたくないな）

　と、求馬は再び歩みを再開させたのは、山賊（やまだち）の噂があるからだ。

「折からの天候不順からか、賊が増えておってな。この碓氷峠にも、山賊（やまだち）が出ておる」

そう言ったのは、碓氷関所を守る番頭の一人だった。

碓氷関所の警護は、代々安中藩主が命じられ、関所番も安中藩士が負っている。この番頭も安中の武士で、山賊の横行には渋い表情を浮かべていた。

「藩士たちを峠の茶屋に常駐させ、追捕に当たらせているが思ったような成果は出ておらん」

峠の茶屋が山賊に襲われないのは、役人がいるからか。或いは茶屋が襲われると碓氷峠から旅人の姿が消え、賊商売が立ち行かなくなるからか。どちらにせよ、天候不順と政事へ不安がこうしたところにも出ていると言わざるを得ない。

＊　＊　＊

（誰かいるな……）

と、求馬が足を止めたのは、岩や小石が剝き出しになった、上り坂に至った頃だった。

赤土で湿りがちの地面は滑りやすく、注意して進んでいるところに、求馬は人の気配を察した。

そして微かに聞こえる人の声。それが女の、それも幼い子どもだと悟った求馬は、咄嗟に脇側の斜面を這い登り、声のする方へと駆けた。

倒木を乗り越え、巨石を登った先に、幼い娘が泣いていた。年の頃は四つか、五つだろうか。その傍には、巨木に寄り掛かるようにして浪人が倒れている。

「お父さま、お父さま」

と、娘は泣きながら浪人を揺すっているが、父たる浪人は虚ろな視線を少女に向けたままだ。

「大丈夫ですか」

求馬は浪人に駆け寄ると、血臭が鼻を突いた。浪人は返事の代わりに、僅かに視線を落とした。その先は腹。襤褸の着物がどす黒く滲んでいる。

「すまぬが、娘を頼めぬか？」

浪人は、弱々しい声で言った。

求馬は「勿論です」と、頷いた。そう応えるしかなかった。浪人の傷、そして死相。もう助からないことは明らかなのだ。

「この子は凪という。とても利口な子なんだ」

浪人は軽く微笑んで、凪という娘の頭に手を伸ばした。

二人とも、継ぎ接ぎのみすぼらしい着物姿で、浪々の暮らしをしてきたことが伺える。どうして傷を負ったのか？　どうして碓氷峠の奥深くで倒れているのか？　求馬は訊きたいとは思ったが、傷の具合からそれすら無理だと悟った。

「凪、この人がお前を町まで連れて行ってくださる。いいか、いい子にするんだぞ」

「お父さまは一緒ではないのですか？　凪はお父さまと」

「駄目だ」

凪の言葉を遮り、浪人は頭に置いた手を頰に滑らせた。そして、親指と人差し指で、柔らかな頰を軽く摘まんだ。

「父はな、これから勤めがあるのだ。いつものことだ、お前もわかるだろ？　終わったら必ず迎えに行くからな」

「でも、凪は……」

「何も心配することはない。父はいつでも凪の傍におるぞ」

そこまで言うと、浪人は求馬に目配せをした。それは「早く連れて行け」という言外の意思表示だった。

求馬は、無言で凪を抱え上げた。凪が泣いて暴れる。しかし求馬は「お父上は、お勤めなのだ」と言うしかなかった。

この碓氷峠で、どうしてこの父娘が、あのような事態に陥ってしまったのか。そして理由もわからぬまま、自分はどうして娘を抱えているのか。公儀御用役の役目があるというのに。

突然の状況に頭の理解は追いつかないが、あの場ではこうする他に道は無い。何故なら、あの場で浪人の願いを聞き届けない、そんな男にはなりたくはないからだ。

3

「大丈夫だ。心配せずとも、父上は迎えに来てくれるさ」

凪を背負って峠を下る求馬は、しくしくと泣く娘にそう慰めるしかなかった。

父親が娘の為に最期に吐いた、この世で最も優しい嘘である。それを否定するような言葉は勿論、これ以上に凪を勇気づける言葉も持ち合わせてはいない。

(果たして、この娘が死をどこまで認識しているかもわからない)

求馬が凪ぐらいの頃には、既に死を知っていた。三蔵が立ち合いで人を斬るのを見ていたし、死ぬことはどうなるか？　を散々聞かされた。初めて首筋から噴き上がる血飛沫を目にした時は、あまりの衝撃で暫く何も喉を通らなかったほどだった。

（今は考えなくてもいい。教える必要もない）

いずれは、嫌でも父親の死と向き合わねばならないのだ。

凪は泣き止んだが、峻険な峠は幼い娘には厳しく、求馬はそのまま背負うことにした。中山道の難所で、幼いとは言え人を一人抱えて歩む。これも修行だと思うしかない。

求馬は休息を入れる度に、凪へと話し掛けた。凪は今年で六つになり、その歳にしては小柄に見えた。そして父親の名前は河内喜兵衛と教えてくれた。今まで何をしていたのか？という問いには口を堅く閉ざした。

求馬は汗だくになりつつも碓氷峠を越え、その日の夕暮れ時に軽井沢宿へと入った。

旅籠はすぐに取れた。半兵衛からもらった、中屋の暖簾印と半兵衛の名が焼き印された木札を差し出すと、旅籠の女中は顔色を変えて奥へと引っ込み、慌てて主人と女将が奥から駆け出してきたのだ。それから、奥の一間に案内された。それは、この旅籠で一番いい部屋だった。

まずは湯屋で汗を流した。求馬は碓氷峠で疲れた身体を癒したかったし、何日も湯浴みをしてなかったのか、薄汚れていて異臭を放っている凪は、見るに忍びなかった。

　また凪の着物は、旅籠の主人夫婦が用意をしてくれた。近所の子どものお下がりだそうだ。求馬は買い取ると銭を差し出したが、「それでは中屋さんに叱られちまいます」と頑なに受け取りはしなかった。

　求馬は中屋の木札を握りしめ、改めて中山道に於ける、彼の名声の高さを思い知らされた。江戸の表や裏の世界に通じた顔役がいると言うが、中山道では半兵衛がそれに当たるのだろう。絶大な力を持っている。いや、持ち過ぎているとも言える。味方であれば心強いが、敵に回ると考えただけで背中が薄ら寒くなる。

「とりあえず、腹が減ったな」

　部屋に戻って求馬が言うと、凪はコクリと頷いた。生きている限り、腹が減る。腹が減るのは生きている証拠だ。何があったのか凪は未だに語らないが、父親が死に至る傷を負ったのだ。大変な目に遭ったのは間違いない。そんな凪に必要なのは、温かい飯だ。

　早速夕餉の膳が準備され、二人は空腹を満たした。それで幾分か安心したのか、凪がうつらうつらと船を漕ぎ出したので、求馬は布団まで凪を運んでやった。

（寝るといいさ。今はな）

求馬も凪の隣に、ごろんと転がった。

果たして、これからどうするべきか。凪曰く、母親はいなくなった、ということだった。このまま凪を、お役目に同行させるわけにもいかない。そして、ここに留め置くことも出来ない。凪はきっと捨てられたと思うだろう。それはこの子に、大きな傷を負わせることになる。

ならば本庄まで戻って、半兵衛に預けるか。僅かばかりに知った半兵衛の人柄を考えるに、嫌とは言うことはないだろう。何せ、腐るほど銭を持っている男だ。

（しかし、それでは到着が遅くなる……）

とするなら、安中の住持か。どこか妖しく、闇を抱えた感はあるが、意知が書状を託すような相手だ。それに表向きかもしれないが、仏門に入ってもいる。無碍に扱うこともないはず。

凪を救ったことに後悔は無いが、草野家の領地では助けを待っている人もいる。ここはやはり、戻らずに同行させるべきだろう。その後のことについては、鵜殿や意知に知恵を借りればいい。無責任かもしれないが、凪のことを考えれば、それが一番だ。

＊　＊　＊

翌日は雨になった。しかも、篠突(しのつ)く雨である。

仕方なく、この日も旅籠で一泊することにした。無理をして凪に風邪でもひかれたら、たまったものではない。

その凪は、相変わらず何も話そうとはしない。こちらから働きかけなければ、一日中膝(ひざ)を抱えて黙っているだろう。それでは、この子の為にならない。いつまでも塞(ふさ)ぎ込んでしまう。

だから求馬は、自分のことを語った。芳賀家に生まれたこと。冷遇されて、祖父によって剣客の養子にされたこと。その養父と、方々を共に旅したこと。そして今は武者修行の旅をしていること。そうすることで凪も慣れてきたのか、問い掛けに対して少しずつ相槌(あいづち)をうつようになってくれた。

「お客様がいらっしゃっておりますが？」

雨脚が幾分か弱まった頃、旅籠の主人が部屋に顔を出した。

「俺にですか？」

「へぇ。名前は名乗られませんでしたが、妙齢のご婦人でございました」

求馬は怪訝な表情を浮かべ、「お通ししてください」と告げた。こんな場所で、自分を訪ねてくる知り合いなどいない。凪の迎え、という可能性も低そうだ。

主人の後に現れたのは、白藍の花弁をあしらった着物がよく似合う、美しい女性だった。一見して大店の女将、或いは武家の奥方という、気品と風格を漂わせているが、その女の発した第一声に。求馬は目を大きく見開いた。

「久し振りだな」

その服装に似合わない、不躾で冷めた言葉。そして、薄い唇に浮かぶ冷笑。この女は蒲池伊織である。

「そう驚くことか？　この恰好が」

「いや、そんなことは」

求馬は慌てて頭を振った。元々からして、美形ではあった。切れ長の眼は鋭いし、茉名のように表情からして勝気な印象であるが、整っている顔立ちをしている。だが、これまで虚無僧や忍び装束、或いは男装などの恰好をしていたからか、この姿こそが変装のように感じてしまう。

「わたしとて、この姿には慣れんさ。だが、これも怪しまれぬ為だ」

そう言いつつも、伊織はしおらしい所作で座した。一方の凪は、慌てて求馬の背中に隠れた。警戒しているのだろう、求馬は小声で「大丈夫。この人はいい人さ」と告げた。

「でも、どうして伊織さんが？」

「この辺りで動いていてな。偶然にも、わたしの手下が娘の手を引いたお前を見掛けたというので、少し探ってみたわけだ」

「わざわざ、そんなことを。よほど暇なのですね」

「この雨ということもあるが、今は報告を待つ身でね。お前こそ、子守りの日雇いをしているのか？　或いは、またどこぞの大名家の姫とか」

「違います。碓氷峠で託されたのですよ」

「ほほう」

求馬は、ここまでの経緯を伊織に説明した。ただ凪の父が死んだことは隠した。こんな幼子の前で語るようなことではない。伊織は事情を把握したように頷いた。

「恐らくだが、その娘の父親を襲ったのは山賊の仕業であろう」

「やはりですか。この辺りには山賊が多くいるという話は、道々で耳にしました」

「不作が続いたからだろう。さりとて、飢えているからと賊になっていい道理はない」

そこについては、求馬には複雑な感情がある。

確かに伊織の言う通りだ。どんなに不作だろうが飢えようが、賊になっていいわけがない。しかし、死ぬか生きるかとなれば、奪う側に堕ちる者は一定数はいる。貧すれば鈍する、とは昔から言ったものだ。だからこそ、民を飢えさせてはならないのだ。その為に、政事があって武士がいる。

天候不順は仕方がない。人知の及ばぬものだが、歴史を紐解いても、寛永・元禄・享保・宝暦と酷い飢饉は起きている。ならば今後も起きると考え、その備えをする必要がある。それを幕閣や諸大名がしているのかどうか、求馬にはわからないが、今こうして賊は増えている。それが一つの答えだ。

「そして我ら公儀裏目付は、田沼様の密命を受け、山賊どもを追っている最中なのだ。この辺りは知っての通り険しい山ばかりで、賊の根城には最適な場所でな。もう既に五つの一派を潰し、六つ目に取り掛かっている」

「目付が山賊退治をするのですね」

「本来の役目ではないが、選ばれた人間は仕事を選べん。旗本御家人が腑抜けになった当世、我々が実戦を請け負うのは、才ある者の義務だと、わたしは思っている」

これだと、求馬は思った。与えられた役目を、完璧に遂行すること。それが伊織の性格であり信念であり、矜持なのだ。

「だが、六つ目の一派が中々に尻尾を摑めん。荒雲党というのだが、我々が追捕しているのを耳にして逃げだしたのかもしれん」

「荒雲？」

そう言ったのは、凪だった。求馬の肩越しに、伊織を見ていた。

「ほう。お嬢は、荒雲党を知っているのか？」

伊織の問いに、凪はコクリと頷いた。

「だってあたし、そこから逃げて来たんだよ」

「凪」

求馬は振り向き、凪に「本当か？」と訊いた。

「うん。あたしはお父さまと、その荒雲党という人たちと暮らしていたの。小さな村みたいなところだった」

「暮らすって」

「それまではずっと旅をしていたのだけど、お父さまと村に行ってからは、旅をしなくなった」

「それで？」

促すように訊いたのは伊織だった。そんな彼女を求馬は睨(にら)んだが、伊織は素知らぬ顔である。

「少し前にお父(ちち)さまは、あたしを連れて村を抜け出たの。そしたら、大勢の人たちが追って来て……」

「斬り合いになったわけか」

「伊織さん」

求馬はそう言って止めると、凪を抱き締め「もういい」と頭を撫(な)でた。

凪の話で、おおよそのことはわかった。凪の父親は方々を旅する浪人で、飢えた末に山賊(やまだち)に加わった。しかし、そうした暮らしが嫌になったのだろう。抜け出ようとしたところ、追っ手を差し向けられて傷を負い命を落とした。

凪はこれまでの会話から、父親が悪人だったと気付くだろうか。それだけが心配だった。

「ふふ、これはなんとも。わたしはよくよく運(ツキ)がある」

そう言った伊織が、腰を上げて凪の傍へと移った。

「凪、と言ったね。お父上の仇(かたき)を討ちたくはないか？」

「やめてください」

「いつまでも隠し通せるものでもない。父親は迎えに行くと言ったらしいが、その約束をずっと待たねばならない身になってもみよ。来るはずもない迎えを待つほど辛(つら)いものは無い。それにお前、この残酷な現実を娘に伝えられるか？　伝える肝が無いから、隠そうとするのだろう？」

それには黙るしかなかった。結局は汚れ役になっても伝える、その勇気が無かっただけかもしれない。

俯(うつむ)く求馬を他所(よそ)に、伊織はなおも問い掛けた。

「お父上が今も生きているかわからない。でも、傷は深いというし山の中だ。その先は言わなくてもわかるはずだ」

凪は涙を堪(こら)えつつ、無言で頷(うなず)いた。

「わたしは、お父上を奪った奴らを懲らしめたいと思っている。お前が、その荒雲党がいる場所に連れて行ってくれたら、それが出来るんだけどね」

「でも、あんまり覚えていない」

「大丈夫だ。少しだけでもいい。そうしたら、悪い奴らを懲らしめられる」

求馬は凪を伊織から引き離すと、「なんて真似を」と言った。

「凪はまだ子どもですよ。なのにあなたは利用するんですか？」

「こんな子を、もう二度と出さない為だよ。ここで禍根を断たねば、多くの者が泣く羽目になる。凪のような子が増えるばかりだ。それでも、お前はいいのか？」

それでいいわけがない。凪のような子どもを出さない為に、公儀御用役になったのだ。いいわけがない。しかし、このやり方は認めたくはない。

そんな求馬の袖を引いたのは、凪だった。

「あたし、やるよ。お父さまが、死んじゃったこともわかった。だから、やりたい」

「いいのか？」

凪が頷く。本当はここで止めるべきであろう。こんなことに、子どもを巻き込む真似はしてはいけない。だが、もう凪は知ってしまった。そして、一刻も早く禍根を断つ為には、凪の協力は不可欠だ。

求馬は伊織を見据えると、凪を同行させることと引き換えに、二つの条件を切り出した。

「ほう、お前がわたしと取引を持ち掛けるとは。いいだろう。言ってみよ」

「一つ目は、俺も追捕に同行すること。勿論、斬り合いになれば加勢もします」

「二つ目は？」

「凪を江戸まで連れ帰ること。そこで信の置ける人に預け、養育してもらうつもりです」

「一つ目は歓迎だ。お前が加勢してくれるのなら、こちらも楽になる。だが、二つ目はどうして江戸なのだ？」

「預け先で、身寄りのない子が邪険に扱われる。そんなことは世間知らずの俺でもわかります。なら、俺の目の届くところの方がいい」

「優しい男だな。しかし、この三千世界に信の置ける者などいるか？　私は寡聞にして知らんな」

それが一番の悩みだ。誰に預けるか。出来ることなら自分が面倒を見てもいいとさえ思うが、公儀御用役で家を空けることも多い。それに流行らない道場の主が、こんな子どもを養育する資格も能力も無い。

そんな求馬の脳裏に、二人の顔が浮かんだ。この世で最も信頼が置ける、それでいて誰よりも親になるべき夫婦の顔が。

「なら、ひとまず俺の兄のところへ。身の振り方は、それから考えればいい」

4

翌日は、昨日の雨が嘘のように晴れた。雲一つ無い。それだけに、蒸し暑くなりそうだった。

求馬は、朝早くに旅籠（はたご）を出て、伊織たちと木戸門の前で合流した。

伊織は総髪で野服に身を包んだ、麗しい若侍の姿だった。ただ待っていたのは伊織一人で、手下たちの姿は無い。伊織によれば「付かず離れずで同行する」らしい。

ともかく、求馬は凪を引き連れて、必死に越えた碓氷峠に再び戻ることになった。

（後悔は無い。これは必要な戦いだ）

凪の手を握りつつ、求馬は改めて自分に言い聞かせた。

決して無駄な後戻りではない。意味のある後戻りなのだ。凪のような子どもを生まない為にも、碓氷峠を通行する者の為にも、荒雲党と戦う必要がある。ここで無視をしては、公儀御用役になった意味も、二刀を差す武士たる資格も無い。ただ幼い凪の力を借りることは、大人として申し訳なさを強く覚える。だからこそ、今日は負けられない。

宿場を出ると、すぐに道は険しくなった。宿場を出て峠路（とうげみち）までがすぐなのだ。雨上がりだからか、地面は酷い泥濘（ぬかるみ）だった。気を抜けば、足を取られる。凪も何度か滑りそうになっていた。

そうした足場とは裏腹に、頭上では山雀（ヤマガラ）や黄鶺鴒（キセキレイ）が気持ちよさそうに鳴いている。

「ここから道は険しくなるが、辛くなったら背負ってやるからな」

その言葉に、凪は頷いた。

口数は多くないが、利発な子だとは思う。伊織の話も理解しているようであるし、父の死も彼女なりに受け止めようとしている。それはそれで酷な話ではあるが、荒雲党を倒すことで、何かの区切りになるかもしれない。

（しかし、どうして凪の父親は荒雲党を抜けたのか……）

凪の話によれば、数日に一度の割合で、凪を置いて働きに出ていたという。その間は村にいた女に面倒を見られ、外で喜兵衛が何をしていたのかはわからないらしく、ただ勤めだと言っていたそうだ。

恐らくその仕事とは略奪で、喜兵衛は山賊（やまだち）だった。娘を連れて放浪し、飢えた果てに落草したのだろう。

なのに、急に逃亡した。改心したのか、内部での抗争か。或（あ）いは、他に別の理由があったのか。

暫く進み、勾配もきつくなった辺りで、伊織の手下が待ち構えていた。その手下は見るからに猟師で、伊織に何やら報告をしてから、すぐに茂みの中へ消えた。

「父親の亡骸は回収し、埋葬したそうだ」

凪に聞かれぬよう、伊織がそっと求馬に耳打ちをした。

「伊織さん、そんなことを指図してくれたんですか？」

「娘が父親の朽ちた姿を目にして、荒雲党どころではなくなったら元も子もないからな」

「また、そんな言い方を。素直ではないのですね」

「変な勘違いをするなよ。これもお役目を果たす為だ」

伊織はそう吐き捨ててそっぽを向いたが、求馬は素直に感謝した。そして、伊織の視野の広さと心配りに、改めてこの女の性根を見た気がした。

凪には風雨に晒され、禽獣に荒らされたかもしれない、父親の亡骸を見せたくない。そしてもう一つ、見せたくないものがある。それは、これから繰り広げられるであろう斬り合いだった。

＊＊＊

荒雲党の集落は、喜兵衛から凪を託された場所から、北へと斜面を下った先の谷間にあった。

凪が村と言っていたので、どれだけの規模かと思ったが、小川の傍に小屋が数軒集まったような小さなものだった。

男たちの姿はない。ただ女が三名、近くの沢で洗濯に追われていた。その内の一人は赤子まで背負っている。それは長閑な光景ではあった。人の営みというものを感じ、到底それが山賊のねぐらだとは思えない。

伊織と共に暫く様子を確かめた求馬は、一町ほど離れた場所まで一旦引き返した。朽ちた御堂の傍である。

「まさか、こんな場所に潜んでいたとはな」

伊織は求馬と、手下たちを集めて言った。今は手下が二名、集落を監視している。

そして凪は、持参した握り飯を頬張っている。

「荒雲党は、八名ほどと言われている。だが凶悪で、人殺しには慣れている。気を抜くなよ」

伊織の言葉に、手下たちは頷（うなず）いた。また伊織は、賊たちの姿を確認次第斬り込むと告げた。それまでは、張り込むことになりそうだ。

「凪、あの集落で間違いないんだな？」

話の腰を折るような求馬の問いに、凪は「うん」と頷いた。そこには何の迷いも見られず、自信に満ちたものだった。

それを聞いて、求馬は腕を組んで唸（うな）った。

「何か引っ掛かるのか？」

伊織が訊（き）いた。

「女たちがいました。そして、赤子を背負った母親も」

「どこぞで攫（さら）ってきたのだろう。或いは自発的に賊になった者か。悪党に性別など無い。それとも、この娘の証言を信じられないのか？」

「いや、そういうわけじゃないんです。でも、いきなり斬り込むというのは」

「では、どうするべきだと？」

「誘（おび）き出してはどうでしょうか？」

「敢（あ）えて襲われるというわけか。しかし、奴らは通行人全員を襲っているわけではないし、手分けして襲うこともある。一網打尽にするには、本拠を叩く方が手っ取り早い」

「なら俺だけで行きますよ」

　あの女たちの姿を見た時、それしかないと思った方法だった。伊織の性格を考えたら、すぐにでも襲撃するだろうとは考えた。しかし子どもがいるならば、大立ち回りは危険だ。あの赤子も凪も同じ、巻き込まれたに過ぎない命。なるべく巻き込みたくはない。

「お前だけでどうするつもりだ？」

「言えば、伊織さんは反対するか、甘いと笑うでしょうから内緒です。でも、上手く行くと思います。もし俺が下手を踏んだら、凪を頼みます」

「そんなもの許可出来るはずがなかろう」

　それもそうだと求馬は頷き、「笑わないで下さいよ」と前置きをして、一計を開陳した。案の定、伊織も手下たちも苦笑する有様だ。

「いかにもお前らしい。まぁ、やるだけやってみるといい。失敗しても、失うのはお前の命一つだ」

＊＊＊

それから半刻後、求馬はたった一人で集落へと足を踏み入れた。

凪は伊織の命を受けた手下が、軽井沢へ送り届けている。根城が分かった以上、敢えて危険の中に身を置く必要は無い。

陽は中天を過ぎている。求馬たちが談合している間に、見張りの手下が集落に荒くれた男たちがいることを確認していた。賊であることは、十中八九間違いはない。

「あの」

求馬の姿を認めたのは、婀娜っぽい女だった。ふらふらと小屋から出たところを求馬と出くわし、用件を伝える前に踵を返して小屋に駆け込んだ。

(これこそが、賊である証かもしれない)

女と替わるように現れたのは、荒くれた姿の男たちだった。三人。恰好から身分はわからない。到底、猟師にも炭焼きにも、そして武士にすら見えない。髭を蓄え、腰には大刀、或いは山刀をぶら下げている。こちらが一人だと侮っているのか、賊であることを隠す気は毛頭ないようだ。

「なんでぇ、おめぇ」

男の一人が、据わった目で求馬を睨みつけた。その視線は、堅気には思えない凶悪な凄みがある。

求馬は心気を整えると、笑顔で「いやぁ」と口を開いた。舎利蔵での地獄のような斬り合いを体験してもなお、怖気の虫はまだ飼っている。しかし、怖いと思うことは悪くはないと思えるようになった。恐怖を飼い慣らす。それが重要なのだ。

「この集落が、山賊のねぐらだって噂を小耳に挟んで、どうなんだろうって確かめに来たんですよ」

「おいおい、正気か？」

更にもう一人が、凄みを利かせた。

「冗談で、こんな山奥まで来ませんよ。それで、どうなんです？」

そう言った刹那、鋭い光が伸びてきた。

隠し持った匕首を、突き出してきたのだ。それは中々の迅さだった。腰の得物を敢えて見せ、そっちで来るだろうと思わせての匕首は、不意打ちとしても巧妙だ。

求馬はその突きを、鼻先で躱した。そしてその腕を摑み、関節を極めつつ匕首を奪い取ると、容赦なく肩に突き刺した。大怪我ではあるが、このくらいでは死にはしない。

「野郎」

他の二人が斬りかかる。求馬は大宰帥経平で斬撃をあしらうと、腕と脚を軽く斬り払った。

悲鳴。それは敵を呼び寄せ、また公儀裏目付が集落を急襲する合図となった。

賊が小屋から出てくる。相変わらず身分はわからないが、明確に浪人らしき姿もある。

求馬は駆け出し、敵の中へ飛び込んだ。一刀を奮う。ただ、命を奪わない斬り方に終始した。腕の差に歴然としたものがあったし、動けなくするだけでいい。何も殺す必要は無いのだ。

斬撃を躱し、または払う。斬り合いを避けるように、女たちが逃げて行く。その中には、赤子を抱えた者もいる。

(それでいい)

目の前の男を蹴倒すと、脚に切っ先を突き刺した。これで動けはしまい。ただ、浪人だけは腕があったので、右腕を刎ね落とした。

「やるじゃねぇか、若いの」

七名を倒したところで、小屋から大柄の男がのっそりと現れた。姿だけを見れば、山伏である。

山伏と言っても恐らくは恰好だけで、その装束も奪ったものだろう。頭襟も無ければ、結袈裟も無い。薄汚れた白衣の上に鈴懸を乱暴に羽織っているだけだ。

「あなたは？」

「わしは荒雲の賢浄というもんさ。まぁ、ここの頭さね」

山伏らしい名前だった。ならば飢えて畜生道へ堕ちた、外道法印か。どちらにせよ、相手が何であれ斟酌する必要は無い。

「そうですか。ならば、大人しく降伏を。手荒な真似はしたくはありません」

「ここまで斬って何を言ってやがる。中途半端に斬られたせいか、子分たちは喚いているじゃねぇか。どうせ俺たちゃ獄門台にしか行けねぇんだ。ならば、一太刀でサクッと楽にしてやるってぇのが、人間としての慈悲ってもんじゃねぇのかい？」

「それは勝手な言い分ですね。散々罪のない者から盗み殺めた賊が、この期に及んで慈悲を願おうなど、虫が良すぎるにも程がある」

そうしている間にも、駆け付けた公儀裏目付たちが、のたうち回る賊を捕らえていた。更には「家探しをしろ。証拠を抑えるんだ」と、伊織が指示を出している。

「ここらが、潮時だな」

そんな周囲を一瞥して、賢浄は呟いた。

「だが、最後まで足掻かせてもらうぜ？」

「ご随意に」

賢浄が、太刀を抜き払った。それを八相に構える。求馬は正眼に構えを取った。

間合いは三歩と半ぐらいか。相手はおおよそ、剣客には見えない。そうすると、どんな剣を使うか、予想も出来ない。

気は抜いていない。いや、普段以上に警戒はしている。きっと、泥臭い喧嘩剣法を繰り出してくるはず。

(いや、それすらも思い込みか)

真剣勝負に、油断も予断も許されない。相手を見誤ると、待っているのは死。それは経験として知っている。

(なれば)

と、求馬は正眼から、大宰帥経平の切っ先を下げた。

柄の握りも、添えただけのような甘いもの。そして、全身の力を抜いて、ゆっくりと長く息を吐く。それが尽きると、半眼で賢浄を見据えた。

風待ちの構え。これで、どんな動きにも対応出来る。だが、そこから繰り出される颯の太刀は、相手の命を奪いかねない、必殺の太刀だ。風を感じて動き出した時、ただ一心に相手の隙を突いて攻める。
相手を殺さずに捕らえるのは、颯の太刀という、剝き出された牙を制御し得るかが肝。

　それが今の自分に出来るのか？　と問うと、自信は無い。一定の力量を持つ相手を殺さずに制圧するのは、殺すことよりも難しい。下手をすると、こちらが殺られてしまう。

　だからこそ、試さねばならない。その先に、人を斬らずに悪を斬る、目指すべき活人の剣があるはずである。

　目の前の賢浄は、構えを変えた求馬に対し、明らかに焦れていた。

　八相に構えた握りを何度か直したと思えば、気勢を何度も挙げている。どうやら、剣術の嗜みぐらいはあるようだ。

　求馬は風待ちの構えから、半歩地擦りで前に出た。

　更にもう一つ。間合いが二歩になった時、賢浄が巻き起こす風と共に、猛然と斬り込んできた。

気合いも殺気も十分な、殺す為の剣。そこに遠慮も容赦もなく、何人も葬ってきたであろう邪悪さがあった。

その風を感じた求馬は、左の脇腹に隙を見出した。

そこを抜けば、確実に斃せる。それは甘美で、抗い難い誘惑。剣客としての、本能が囁く。「ここを斬れ」と。

求馬は横に跳びながらも、大宰帥経平を水平に動かした時、賢浄が持つ邪悪さは自分も同じだと悟った。

本能に抗うかの如く、一刀をすくい上げるように振り上げた。狙ったのは、左脚だった。

賢浄が転倒する。深々と裂いたが、致命傷ではない。そこへ伊織の手下たちが殺到し、あっという間に縛についた。

「相変わらず甘いことだ」

大宰帥経平を懐紙で拭っていると、伊織が近付いてきて言った。

「斬らずに済むなら、それに越したことはありませんよ」

「だが、それがいつかお前を殺すやもしれんぞ？」

「そうならぬ為に、修練を重ねます」

「つくづく甘い」

そう鼻を鳴らす伊織を無視して、求馬は「訊きたいことがあります」と荒縄に戒められた賢浄に問い掛けた。

「河内喜兵衛という男を知っていますか？」

「河内……。ああ、あいつか。確か、飢えて仕方がねぇから俺たちに加わった野郎さ。娘を食わせる為だって言ってたなぁ。半年ぐらい一緒に働いたが、ここ一番で腰が引く男だったたな。まぁ、それでも人は斬ったし、女は手籠めにしていたがね」

「それで？」

「数日前に、娘と一緒に抜けやがってよ。ここ最近、わしらのような山賊が討伐されていると聞いて、怖気づいたんだろうな。だから、追って始末してやったよ。裏切りは死。仲間を抜けるのも死だ。しかしよ、この状況を察するに、あの野郎はお前たちが潜り込ませた仲間だったんだな」

求馬は伊織を一瞥し、「そうだ。俺たちの仲間だった」と答えた。

＊　＊　＊

　翌日、凪は伊織と江戸へ戻ることになった。

　伊織は女の旅装束で、二名の手下が伊織に付き従う従者に化けている。そこに凪も加われば、商家の妻女と娘、そして彼女らを守る奉公人たちで通るはずだ。

「これを兄へお願いします」

　求馬は、伊織に一通の書状を手渡した。

　それは鵜殿に宛てたもので、凪を預かって欲しいと頼む一筆をしたためたのだ。凪のことで兄夫婦には迷惑を掛けるだろうし、帰ったら叱られもするだろうが、凪を邪険に扱うことはない。この世で最も尊敬する、あの兄と義姉なのだ。きっと、「仕方のない奴だと」と愚痴を言いながらも、手厚く保護してくれるだろう。それからのことは、また考えればいい。

「お父さまは、山賊だったの？」

　軽井沢の木戸門まで送る途中で、凪が求馬の袖を引いて訊いた。

　それは自分の父親が悪人だったのか？　と確かめる問い。求馬は足を止めて、凪を見つめた。ここでの答えが、この娘の今後を左右する。

（さて、どう答えるべきか）

　喜兵衛は、決して善人ではないとは思う。娘の為とは言え、落草した身の上。そそれが悪行を肯定する理由にはならない。だが、その最期には真があった。娘を想う気持ちに、偽りはなかったと感じる。だから、凪を引き取ったのだ。

　しかし、「そうだ」などとは言えない。喜兵衛は死んだ。一味たちも早晩お裁きを受け、刑場の露と消える。そして、凪はこれからを生きる存在。

（なれば、迷うことはない）

　と、思案している間に、伊織が凪の頭に手を置き口を開いた。

「それは違う。お前のお父上は、我々と同志だった。山賊を退治する為に、危険を冒して潜入してくれていたのだ。必死に秘密を暴いてくれたお陰で、悪党を捕まえることが出来た。お父上の立派な手柄だ」

「本当？」

　凪が求馬に確認するように目を向けたので、「そうだ。喜兵衛殿のお陰だ」と話を合わせた。伊織の機転は流石なものだ。愛想は無いし、冷たいことも言うが、それは不器用なだけかもしれない。

「それでは、そろそろ」

　伊織が促したので、求馬は凪の前で屈み、視線を合わせた。

「ここでお別れだ。だがこれからお前は、江戸で一番優しくて、心の強い人たちのところへ行くことになる。だから安心しろ。俺も用事を済ませたら、急いで会いに行くよ」

「絶対？」

「ああ、必ずだ」

求馬はそう言って笑顔を見せた。凪も笑った。悲しいことではあったが、出来る限りのことは全力でした。これでいいと、求馬は思った。

5

薫る風が吹いていた。

草木を揺らし、求馬の身体を凪ぐ。その風には初夏を感じさせる、潑剌とした力がある。それゆえか、中山道を往来する者の姿が多く、その足取りも軽い。

この日、伊織に手を引かれた凪を見送った求馬は、軽井沢を発つと薫風に背中を押されるように、沓掛・追分を一気に抜け、今は三町ほど進んだところにある、茶屋で一服していた。

本当は小田井の宿場で昼餉と考えていたが、茶屋の縁台で団子を頬張っていた旅人が目に入り、「まぁ、昼飯までのひと踏ん張りの景気づけってことで」と、腹の虫に誘われるまま、求馬は茶屋の客となった。

頼んだのは、みたらしの上にふんだんに胡麻をまぶした、五十吉団子というものだ。

きつね色の甘じょっぱいタレと、香ばしい煎り胡麻の風味がよく合い、またトロトロのタレの中で、胡麻を噛む感触が新鮮だった。

「この五十吉というのは？」

求馬が団子を運んできた、若い茶汲み女に訊いた。

「あたしの爺さまだ。その団子は、爺さまが考えたもんだ」

「そうか。いや、これは美味しい。江戸でこれを出せば、きっと流行る」

求馬は頷きつつも、二本目に手を伸ばした。

「だって、爺さま。江戸の深川？ってところにある、古い菓子屋で修業してたんだもの。腕っこきの菓子職人だったんだってさ」

そう言うと茶汲み女は、にっこりと笑った。年の頃は十五になるかどうか。この娘にとって、五十吉は自慢なのだろう。

「でも二年前におっ死んで、今は父ちゃんが団子を作っているんだ」

「そうだったか。いやはや、それにしてもこれは気に入った」

「おかわり、いるかい？」

二本目も最後の一個になったのを認めた娘が訊き、求馬は当然とばかりに頷いた。

娘が店へと戻ると、求馬は麦湯で団子を流し込んだ。

それにしても、よく晴れている。近頃は天候不順が続いているというが、それが嘘のようだ。

軽井沢で一度だけ雨に降られたが、後は晴天が続いている。この調子で、気持ちよく旅を進めたいものだ。

＊＊＊

「もし……」

その男に声を掛けられたのは、小田井の宿で遅めの昼餉を摂っている時だった。

小さな飯屋。昼時を過ぎたからか、客は求馬の他に三人ほど。やや広めの店内ががらんとしていて、板場も飯を作るのではなく、片付けと夜の仕込みに追われている雰囲気がある。

その隅の席で、卵を落としただけの蕎麦を啜る手を止め、「何か？」と視線を上げた。

男は三十になるかどうかの、痩せた渡世人だった。三度笠に道中合羽。長脇差を一振り、腰に差している。

「へぇ。あっしは狗喰の八蔵と申しやして、無宿渡世の半端者でございやす。お武家様に、ちょいとお話がございやして、無礼は承知でお声を掛けさせていただきやした」

「俺にですか？」

八蔵が頷いたので、求馬は空いている向かいの席に座るよう促した。八蔵は三度笠を脱ぎ、一度頭を下げて腰を下ろした。

「先ほど、お武家様が破落戸に絡まれた親子をお救いになったのを拝見しやした」

それは五十吉団子を都合三本平らげ、三町ほど進んだ野道でのことだった。

そこで、まだ二つか三つの男児を抱えた母親が、三人の破落戸どもに絡まれていたのだ。

破落戸は襤褸を纏った褌姿で、どこぞで一杯引っ掛けた帰りの、宿場人足だった。殆どの宿場人足は差配する親方の統制を受けているが、そうでない破落戸のような者も多く、特に最近では天候不順から逃散した百姓が宿場人足に紛れ込み、街道筋の治安を乱しているという。

その破落戸たちは、卑し気な笑みを浮かべつつ、母親を囲んでちょっかいを出していた。指先で肩を突っついたり、帯に手を掛けようとしたり。母親は「やめてください」と手で振り払ってはいるが、破落戸どもはそれすら楽しんでいるようだった。

陽は十分に高く、街道筋に人がいないわけではない。だが、皆が見て見ぬ振りをしていた。ある者は顔を顰め、ある者は目を伏せ、関わり合いにならないように、足早に過ぎ去っていく。

勿論、求馬は看過することなど出来なかった。止めに入ると、当然ながら破落戸どもは求馬に摑みかかったが、その全てを拳と柔の術で返り討ちにした。八蔵はそのことを言っているのだ。

「見事な腕前に感服いたしやした。あっしも助けに入ろうとしたんですが、お武家様が颯爽と駆け込んだので、もうこれは見ているしかないなと」

確かに、破落戸を叩き伏せている間に、野次馬が集まってその様を眺めていた。

「八蔵さん、そのお武家様というのはやめてください。俺は筧求馬。廻国修行中の未熟者ですよ」

「なんのなんの。そんなお武家……あっいや、筧様に是非ともお聞き届けいただきたい願いがございやして」

「願いですか。今は目的があって江戸から旅をしている最中です。出来ぬこともありますが」

「当然、無理にとは申しやせん。しかし、筧様の腕を見込んで、ここは一つ助っ人(すけと)を頼まれちゃくださいやせんか？」

助っ人と聞いて、求馬は眉(まゆ)を顰(ひそ)めた。口入れ屋でも、やくざ者に関わる仕事は受けないようにしていた。八蔵は渡世人。なれば、やくざ者のいざこざ話なのかもしれない。

そうした求馬の反応を察してか、八蔵は「あっ、いや違いやす」と大仰に首を振った。

「助っ人と言っても、筋者(スジモノ)同士の喧嘩(でいり)じゃございやせん。この先にございやす、吉隈(よしくま)という集落の用心棒でございやす。実はあっしも雇われた一人でございやすが、相手が札付きの悪党でございやして、こうしてお仲間になってくれそうな御仁を探しているのでございやす」

八蔵の声色や表情には、真に迫ったものがあり偽りには聞こえない。

「一体、その吉隈で何があったんです？」

「あっしも雇われの身でございやすので、筧様は〔鉄鳶の甚六〕って野郎をご存知ですかい？」

その問いに、求馬は首を振った。

「それも致し方ございやせんね。その鉄鳶は、あっしと同じく無宿渡世の無頼者でございやすが、凄腕の始末屋として知られておりやす。土地の親分衆のところで草鞋を脱ぎ、対立するやくざ者の殺しや喧嘩の助っ人など、荒事を引き受けている奴でさぁ」

「その男がどうしたのです？」

「近々、吉隈の連中を皆殺しにすると息巻いているのでございやす。しかも、人を雇い、大勢で襲う算段をしているとか」

確かにそれは深刻で、殺しに馴れているのなら容易ならない相手だ。だが、どうして、その男は吉隈を襲うのか。求馬は、その疑問を訊いた。

「へぇ。その鉄鳶は元々、吉隈の百姓だったというのですよ。今から二十年ほど前でしょうか。吉隈に当地を治める岩村田藩の侍が現れ、横暴の限りを尽くしたそうなのです。酒も入っていたのでしょう。大暴れをしただけでなく、女にも手を出す始末。そうした事態を見過ごせなかったのが、その鉄鳶でございやしてね。喧嘩した挙句、鍬で三人を打ち殺したのです。どんなに侍が悪かろうが、それは武士と百姓の身分の差がございやす。藩庁は甚六の引き渡しを命じ、吉隈の者はそれを受け入れた。そうしなければ、村は立ち行かなくなりやすからね。しかし甚六は吉隈を抜け出し、以降行方知れずで」

「酷い話ですね。甚六にしてみれば、村の為に戦ったのに、自分を差し出そうとした吉隈の者を許せないという気持ちなのでしょう」

　八蔵が、コクリと頷いた。

「一応の事情はわかりました。ですが、吉隈の者はどうして甚六が来ると知ったのでしょうか？　わざわざ襲うことを報せるなんて真似はしないでしょうに」

「そりゃ、簡単な話で。あっしも、鉄鳶から誘われたのでございやすよ。小さな賭場で、小判を数枚見せられやした。殺しを手伝ってくれと。ですが、何の罪も無い百姓を殺めることなどできやせん。なんであっしは、小便に行くと見せかけて逃げ出し、このことを吉隈へ伝えたのでございやす」

「それで、そのまま雇われたというわけですね」

「ええ、まぁ。報せて終わりってわけにゃいきませんから」

「それは、立派な心掛けです。今のご時世、そんな人は少ない」

「なんのなんの。あっしのような輩は、堅気さんのお情けで生かされているようなもので、ここが命の張りどころと思った次第で」

何とも義侠心に厚い男だ。求馬はこの八蔵という男が気に入り、助太刀を受けることにした。

6

吉隈村は岩村田宿の北にある、小さな村だった。

特に何があるわけでもない。浅間山と秩父山地、そして八ヶ岳連峰に囲まれた平地、佐久平という、どこまでも広がる平野に、ぽつんとある集落である。

求馬はまず、八蔵と共に庄屋屋敷を訪ねた。小振りであるが、風格を感じさせる立派な屋敷だった。長らくこの村を仕切ってきた一族の城、という威容と誇りを感じさせる。

八蔵が訪ないを入れると、求馬一人だけが客間に通された。暫くして現れたのは、三十半ばの太り肉の女性だった。

強い意志を感じさせる大きな瞳を求馬に向けると、「お待たせいたしました」と静かに言った。

そして求馬の前で、深々と平伏する。求馬は無意識に背筋を伸ばしていた。この女には、本能的にそうさせるだけの、圧がある。

「わたくしは、この吉隈を庄屋として預かる、敬と申します」

面を上げて名乗った後、敬は庄屋だった夫に先立たれ、跡取り息子はまだ幼いので、その代わりをしていると説明した。

（なるほどな）

と、求馬は得心した。

敬から感じた圧は、人を束ねてその上に立つ者が持つ、風格だったのだ。そして気が強いと思わせる、肌にひりつく何かも。これを不快に感じる男もいるだろうが、求馬にとっては何程のことでもない。自分の周りには、敬のような女性ばかりなのである。

「八蔵さんにお聞きいたしました。この村を守ってくださるのでございますね？」

「ええ。ある程度の事情は承知しております。甚六という者の怒りもわかりますが、だからとて皆殺しなど尋常ではございません。俺にどこまで出来るかわかりませんが」

甚六という名前に、敬の眉がピクリと動いた。しかし敬はそんな反応を気取られまいとしてか、「それで報酬でございますが」と話を変えた。

「小さな村でございますので、大したお礼は出来ません。なので……」

「お気遣いは無用です。寝床と温かい飯さえあれば」

と、話を遮った。今のところ銭に困っているわけでもないし、今回は商売ではなく、武士の義務として引き受けたつもりだった。

「ですが、いつまでもというわけにはいきません。これでも先を急ぐ旅をしていますので」

「その心配には及びません。少なくとも、数日のうちに襲ってくるはずでございましょう」

「そこまでわかっているのですね」

「先ほど、八蔵さんが仰っておりました。その時期を探りに村を出ていたのです。そして、その帰り道に覓さまと出会われた」

敬によれば、甚六は岩村田宿を領分とする、太縄の五郎蔵の世話になっていて、八蔵はその子分衆の一人と義兄弟の仲だそうだ。しかも、その甚六は客分でありながら大きな顔をするので、評判がすこぶる悪い。さっさと死ぬか出て行って欲しいと思った兄弟分が、密かに甚六の動向を報せてくれているらしい。

「甚六は腕利きを十名ほど従えているとか」

「それで村を守るのは、俺と八蔵さんだけですか？」

「いや他に三名。のちほど、お引き合わせをいたします」

求馬は頷くと、「五名か」と呟いた。相手のちょうど半分。不利ではあるが、やれない数ではない。ただ苦戦は必至だろう。

「この件を、藩庁には訴え出ないのですか？　甚六という男は岩村田の藩士を殺めているのでしょう。なれば藩庁も罪人として追っているはずでは？」

「それが出来れば、わたくしどもが筧さまにおすがりすることは無かったでしょう……」

「何故です？」

「それは、甚六が起こした事件が無かったことにされたからでございます」

首を捻った求馬を一瞥し、敬は言葉を続けた。

「甚六が殺めた侍たちは、重臣の子弟でございました。そのような立場にある者が、刀を抜いてもなお百姓一人に敵わず、しかも鍬で殴り殺されたとあれば、面目が立ちませぬ」

「わかる話です。武士とは、面目だけで生きていると言っても過言ではないですから」

「甚六がこの村から出奔しなければ、厳しい追及があったでしょうが、あの一件から二十年。殺された侍の家も代替わりをしているでしょうし、もはや何を言って無駄でございます。それに甚六が世話になっている太縄の五郎蔵は、藩のお偉方と昵懇の仲。様々な悪行も揉み消しているとか。下手に訴え出れば、わたくしどもの方が危うくなりましょう」

「何とも情けない」

武士とやくざ者との癒着。それにより、無辜の民が泣く。その構図は、蓮台寺藩と同じである。

話はそれで終わり、腰を上げようとした求馬を、敬が呼び止めた。

「寛さまは、不思議なお人でございますね」

「俺が？」

「ええ。わたくしが庄屋と名乗っても、寛さまは全く驚きになられませんでした。

亡き夫の後を継いで八年が経ちますが、皆さん驚かれますよ。『女なのに』『女のくせに』と罵る者や、侮る者もおります」

その声色には、どこか怨念めいた響きを、求馬は微かに感じ取った。そうならざるを得ない、自分には想像すら出来ない苦労があったのだろう。

こんな屋敷を構えるほどの一族である。血統の内には、男子もいるだろうに、それでも敬が継いだ。そこには深い事情と反発もあったはずである。

「お敬さん、俺にとっては珍しくないのですよ。女性でありながら、男たちを率いる。そんな女ばかり、身近にいますから」

脳裏に茉名と伊織の顔が浮かんだ。そして、お役目に忙しい鵜殿に代わって家中を差配する菊於の顔も。凛として、気高さがある女性たちだ。

すると、そこで敬は初めての笑みを見せた。

「それは、なんと。是非ともお会いしてみたいものですわ」

＊　＊　＊

「ほほう、これは奇遇というものだな」

村の用心棒にあてがわれた百姓家で待っていたのは、あの迅之助だった。

囲炉裏の傍で仰臥していたところ、求馬の姿を認めて身を起こした。

「仙波さん。どうして、あなたが」

唖然とする求馬に、迅之助は乾いた笑い声を挙げた。

「義俠心。ではないな。単なる銭目的さ。誰かさんが俺の実家を貧乏にしたんで、せっせと働かなきゃいけねぇんだよ」

「そんな冗談通じませんよ。日ノ本六十余州もあるというのに、単なる偶然で一緒になるはずがありません」

「それが起こるから不思議なもんさね。それにな、俺は雲なんだよ。風が吹くまま吹かれるままに、西へ東へ。俺がどこへ行こうと勝手じゃないか」

「確かに、そうですが……」

求馬が言葉に詰まると、迅之助は吹き出して笑った。

「おいおい、お前は素直が過ぎる。言っただろう？　お前が『気になった』と。蓮台寺に戻ってもやることた無いし、お前を追っかけてみることにしたんだよ」

「ずっと尾行ていたのですね」

「気付かない自分の鈍感さを恨みなよ」

そう言われると、いよいよ返す言葉もなく、黙り込んで囲炉裏の傍に座った求馬に、八蔵が声を掛けた。

「ご両人、もしや知り合いでございやすか？」

やり取りを青い顔をして見ていた八蔵が、恐る恐る訊いた。

「仇なのさ。俺の師匠を、こいつが斬りやがったんだよ」

求馬が答えるより先に、迅之助が再びゴロリと横になって答えた。

「寛様、そいつは本当ですかい？」

八蔵が求馬の顔を覗き込んで訊いたので、コクリと頷いた。

「申し訳ございやせん。あっしは何とも間の悪い馬鹿野郎で」

平伏しようとした八蔵を止めるように、迅之助が「やめろ、やめろ」と声を挙げた。

「八蔵、気にすることはないぜ。仇なのは事実だが、恨みなぞこれっぽっちも抱いちゃいねぇ。剣の道の上のことだからな」

「そうです、八蔵さん。どうぞ頭を上げてください」

求馬は八蔵に向かって、一つ笑みを見せた。

「そういうこった。師匠は師匠。俺は俺さ。だから八蔵、お前が気に病むことはないんだ。むしろ、俺としちゃ『よくぞ、この男に声を掛けてくれた』てぇ気持ちさ」

「仙波様。それは、どうしてでございやすか？」

「そりゃ、この男が筧求馬だからさ。知ってるかい？　こいつはこんな顔をしてやがるが、べらぼうに強い人斬りなんだぜ。こいつがいれば、俺たちの勝ちは確定よ」

7

翌日。夕餉の後に、五人の用心棒が庄屋屋敷に呼び出された。

迅之助と八蔵の他には、屈強そうな武士が二人。ここまでに二人とは何度か言葉を交わしたが、八蔵が声を掛けただけあって、人品は卑しくはない。一人は岩村田の道場で師範代をしている浪人で、もう一人は廻国修行中の米沢藩士。どちらも三十手前の、屈強な男たちだ。

「先ほど八蔵さんのお身内より連絡がございました」

そう口を開いた敬が、その傍に座る八蔵に目を向けた。

「あっしの兄弟分からの報せがありやして、奴らは明日にでも斬り込んでくるようでございやす」

「ほほう、いよいよか」

迅之助が呑気に言った。この男には、緊張感というものが欠けているらしい。

「やはり数は十名ほど。いずれも殺しに慣れた連中だそうで」

「相手がやくざ者とは言え、気を抜けばこっちが喰われる。各々、注意することだ」

迅之助の言葉に、全員が頷く。この男には、妙な明るさがある。それが人を惹きつけ、知らず知らずのうちに輪の中心になる。それは天性の才能というものだろう。

事実として、迅之助は他の用心棒たちだけでなく、吉限の村衆とも打ち解け、子どもたちとも遊んでやっていた。この男は徹底して陽性なのだ。それは自分には無いもので、このように生きることは、逆立ちをしても無理そうだ。

「さて今夜は、皆さまには甚六について改めてお話をしておこうかと思いまして、こうして集まってもらいました」

「お敬さん」

八蔵が止めるように声を掛けたが、敬はそれを手で制した。

「お聞きしてもらいましょう。甚六から聞かされるよりも、わたくしの口からの方がよろしいでしょう」

「ですが……」

敬の意思は固く、一つ頷いて場にいる五人を睥睨した。

「甚六は、わたくしを守る為に岩村田の侍を殺したのでございます」

敬が、かつて吉隈であった〔ある悲劇〕をぽつぽつと語り出した。

＊＊＊

二十年前。宝暦八年、この岩村田の藩主は内藤正弼の代だ。当時二十五歳だった正弼には重用する家老がいて、彼が領袖を務める一派が全権を掌握していた。そして、吉隈で事件を起こしたのも、その派閥に属した三人の若者たちだった。

夏の盛り。郊外にある家老の別宅で開かれた、派閥の会合の帰りだった。その時には既に三人は酔っていて、どういうわけか吉隈に立ち寄り、そして庄屋屋敷へと勝手に上がり込んだ。

三人は勝手に客間に居座ると、酒を所望した。当時の庄屋であり、敬の父である米三郎が仕方なく三人の言葉に従うと、間もなく泥酔状態となってしまった。

そのまま潰れればいいものの、今度は「女を出せ」「酌をさせろ」と喚くようになり、流石に今の三人の前に女は出せぬと、米三郎は敬を含む屋敷の女たちを裏庭から逃がそうとした。

それを運悪く見咎めた三人は、当時は十五歳だった敬に狙いを定め、逃げる敬を追いかけた。

いくら酔っているとはいえ、男と女。村の外れにある社に追い詰められてしまった。男衆も駆け付けたが、戯れが本気となり、目をギラつかせた上に抜刀して威嚇する武士たちを止める勇気を持つ者は、誰一人としていなかった。

そして敬の帯に武士が手を掛けた時、颯爽と踏み込んだのが甚六だった。

甚六は当時十八歳。小作人の息子で、両親を早くに死なれた天涯孤独の身。しかも無口で付き合いが悪いからか、どことなしに敬遠されていた若者だった。

甚六の手には使い込まれた鍬が握られ、それを認めた武士たちは甚六に斬りかかった。

泥酔した武士の斬撃は、野良仕事で鍛えた甚六に届くはずはなかった。甚六は刀を躱し、容赦なく武士たちの頭蓋に鍬を振り下ろした。

甚六は夢中で何度も何度も鍬を振るい、気が付けば三人は頭を潰され、動かなくなっていた。

甚六は顔に付いた返り血を手で拭い、敬に向かって「じゃ」と一言だけ言い残して帰っていった。

しかし、この一件はすぐに藩庁の聞こえるところとなった。

弓馬の家たる武士が、酔った上に百姓娘を追い回し、その挙句に小作人から、鍬で頭を砕かれて死ぬ。しかも不意打ちではなく、先に抜いていたのであれば何の言い訳も出来ない。

藩庁は、三人を酒毒による急死として内々に処理をする代わりに、甚六を引き渡せば、穏便に済ませるとの通告を出した。

これを受けた米三郎は悩んだ。甚六は、娘を武士の毒牙から守った恩人ではある。しかし、藩庁の意向を無視すれば吉隈が立ち行かなくなるのは必定。だが米三郎の口からは、そうした非人情な決定は下せない。

そこで米三郎は寄合を開いた。判断を寄合の決議に委ねたのだ。

藩庁の通告を受け入れるべきか？　或いは、甚六の行いには正統性があるとして、赦免を願い出るべきか？

寄合は庄屋と村役人を中心に、本百姓で構成される会合で、甚六のような小作人は排除された。だからか、意見は簡単にまとまった。

「甚六を差し出すべし」

ほぼ満場一致だった。中には「何を迷うことがあろうか?」と言う者もいた。たった一人の命で、村の安泰が保たれるのだ。誰も異論を挟まなかった。

勿論そこには、小作人という身分に加え、甚六の人付き合いの悪さもあったのかもしれない。ともかく、甚六の処遇は決まった。

その決定を知った甚六は、姿を消した。庄屋の娘を救う為、一命を賭して戦った。しかも男衆は、指を咥えて見ているだけだったというのに、自分一人が罪人として引き渡される。冷酷で薄情な決定に、甚六は我慢ならなかったのだろう。何も言わない男だったので、その心中は計り知れない。

「酷い話だ」

全てを聞き終えると、迅之助が誰に聞かせるでもなく呟いた。語り終えた敬が一瞥をくれて、小さく頷いた。

敬には、この件に対する罪悪感があるのだ。それは表情で見て取れる。だからこそ、真実を語ると決めたのだ。

「お敬さん、話をしてくれて感謝するよ。斬り合いの最中にそれを聞かされるよりマシってもんだからな」

迅之助は、更に「でも心配は無用さ。雇われたからには、その義理は通す」と言葉を重ねた。それは求馬も同意であり、他の二人も異論は無いようだ。どんな事情があろうと、この事態は看過出来るものではない。

「だが、どうにもやり切れん話だな。誰がどう見ても、甚六に非は無い。甚六はお敬さんを救う為に戦ったのだ。賞賛されても、罰せられる謂れは無い。しかし、そうならないのが今の世。甚六の悲劇は、奴が武士ではなかったことさね」

迅之助の発言に、誰も返事をしなかった。求馬も黙った。この件で、あれこれ言える資格が、十分である自分には無い。

＊＊＊

「まったく、武士とはろくでもない生き物だ。お前も、そう思うだろ？」

庄屋屋敷を出ると、迅之助は求馬に声を掛けた。夜の帳が下りた、薄暗い道。八蔵や他の二人は、先を歩んでいる。

「どうでしょうね」

「そうに決まっている。面目の為ならば、黒を白にするし、鹿を馬にもする。こうした悲劇を出さぬのが武士の仕事だろうに」

「仙波さん、それを変えたいとは思いませんか？」

「変える？　武士の在り方をか？」

求馬は頷いた。迅之助は見開いた目を求馬に向けたまま、軽く鼻を鳴らした。

「そりゃ、武士を皆殺しにするしかなさそうだな。お前も二刀を腰に差してんだ。俺たちが面目だけで生きてんのはわかるだろう？　それを気にせず生きろと言うのは、武士を辞めろと同義だよ。武士に百姓になれと言っても無理だろうし、なっても生きてはいけまい。つまりは武士がいなくならなきゃ、実現など無理だ。俺には荷が重過ぎる話だな」

「蓮台寺だけでも無理ですか？」

迅之助は大きな目を細め、そして口を開いた。

「執行外記だったら、可能だったかもしれんな。あの人は武士を憎んでいた。身分というものを、本質的に否定していた。だが……」

その先は言わずに迅之助は歩みを速め、求馬はその背中を見送った。

そうだ。外記は殺した。俺と茉名と、仲間たちで殺した。

8

甚六たちが姿を現したのは、翌日の夕暮れ近くだった。

最初に発見したのは、野良仕事から引き上げようとした、政三という百姓だった。茜色の夕陽を浴び、吉隈の集落を眺める五つの影を認めたのだ。その影が一つ、また一つと増えた時、政三は駆け出して求馬たちにあてがわれた百姓家へ跳び込んだ。

夕餉を摂っていた五人は、持っていた椀を投げ捨てて刀を摑んだ。

外に出ると、甚六の襲来を報せる板木が激しく叩かれ、百姓たちは村の外へと避難している。それは事前に示し合わせていたことの一つ。

ただ、敬だけは別だった。庄屋たる者はおめおめと逃げられないと、屋敷に残ることを選んだのだ。求馬たちは危険だと反対したが、敬は聞き入れなかった。「わたくしを狙うならば、それだけ村の者たちへの危険が減るのです」とも。

「八蔵さん、本当に一人でいいんですね？」

求馬が確かめるように言うと、八蔵は小さく「へい」と答えた。

襲撃は八蔵を除く四人で打ち払い、八蔵は万が一に備えて敬の護衛という手筈になっていた。敬が残ると言った以上、その護衛は必要であり、八蔵が志願したのだ。

「甚六がどこまで今の吉隈を知っているかわかりませんが、必ずや庄屋屋敷を目指すはず。そうならぬように全力を尽くしますが、場合によっては厳しい役どころになります」

甚六が復讐として吉隈を狙うというのなら、その最終的な目標は、村の象徴たる庄屋。それは敬だ。相手がここを目指してくる以上、敬を守る最後の砦としての責任も重く、それだけ危険もある。

「構いやせん。あっしが皆さまを引き込んだのでございますから、これぐらい。それに何も無けりゃ、あっしはお屋敷で高みの見物が出来るんでございやすよ。むしろ、喜んでいるぐらいでさぁ」

「あなたという人は、本当に……」

尊敬出来る人だ。そう言おうとする前に、首を横に振った。

「またまた、何を言い出すかと思えば」

八蔵が苦笑し、「じゃ、ご武運を」と一同に頭を下げて外へ駆け出して行った。

それから求馬たちは、甚六と思われる一党を村の入り口で待ち構え、そのまま対峙となった。

約五歩の距離で向かい合った。相手は十名。浪人が四名。残りの六名は渡世人の風体だ。

「お前らか。吉隈の連中に雇われたってぇ連中は」

渡世人が一歩前に出て言った。頬に古い傷がある、鋭い顔つきの男だった。殺しに馴れていると一目でわかる、凶悪な眼光を宿している。

「ったくよう、どうなんでぇ？」

「訊かずともわかるだろう？　この状況を見ればさ」

それに応じたのは、迅之助だ。こういう時は、この男に任せて問題は無い。

「そうかい。なら、悪いこたぁ言わん。こっちに鞍替えしねぇかい？　一人頭、四両でどうでぇ？　どんな条件で雇われたか知らんが、この村の連中は薄情で、信用がならんぜ？」

「四両か。そいつぁ、魅力的だな」

迅之助は一笑すると、求馬に目を向けた。

何を訴えているのか、その真意を測りかねるが求馬は首を振った。まさか、四両に目が眩むような真似はするまい。

「だが、うちの大将が反対だってさ。それよりさ、あんたが鉄鳶の甚六さんかい？」

「さてね。仮にそうだとしたら何だと言うんでぇ」

「そりゃ、斬るだけよ」

迅之助はそう答えると、一気に踏み込んで抜き打ちに斬り上げた。

峻烈(しゅんれつ)にして、苛烈(かれつ)。そして最短で命を奪う為の斬撃。まさに鬼眼流の、鷲塚旭伝を彷彿(ほうふつ)とさせる剣だった。

渡世人の身体が二つになって崩れ落ちる。それが合図になり、双方の斬り合いが始まった。

求馬も大宰帥経平を抜き、応戦に入った。求馬に向かって来たのは、髭面(ひげづら)の浪人だった。斬撃は鋭く、激しい。一つ二つと弾(はじ)きつつ、求馬は距離を取った。

（なるべく斬りたくはないが……）

手加減すれば、こちらが逆撃を被る。それほどの使い手を、甚六は揃えてきたようだ。

その横で、迅之助は躊躇(ちゅうちょ)なく斬り殺していた。斬り合いは好きではないと言っていたが、それはやはり嘘だったのか。

（いや、違う）

と、求馬は浪人の刺突を躱し、左手を刎ね上げながら思った。

なるべく斬り合いはしたくないが、斬らねばならない時は斬れる男なのだ。それが、この男との差。迷っているようでは、迅之助には勝てない。

「こいつは変だぜ」

相手の斬撃を躱しつつ、迅之助が叫んだ。

「お前、気付いてねぇのかよ」

「何をですか？」

「こいつらは烏合の衆だ。銭で雇われたに過ぎん。だが甚六が死んでも、退こうとはしねぇ」

「それってまさか」

「俺が斬ったのは甚六じゃない。この中にはいねぇんだ」

求馬は、そこでハッとした。

目の前の浪人を蹴り倒す。更に横からの斬撃を躱し、刀を低くして足を薙いだ。

「行け、寛。ここは俺たちだけで十分だ」

求馬は頷き、庄屋屋敷へと駆けた。

＊＊＊

これが杞憂であればそれでいい。しかし、恐らくそうではない。嫌な予感しかなかった。

屋敷の庭で、八蔵が渡世人と抜き合っていた。八蔵は身体のあちこちを斬られ、血が滲んでいる。立っているのもやっとの状態であろう。その背後に敬。庇うように構えている恰好だった。

完全に相手の術数に陥ってしまったと、求馬は思った。正面の十人は陽動で、その間隙を突いて、本陣たる屋敷に仕掛けてきたのだ。

「やめろ」

求馬は跳躍し、向き合っていた渡世人に振り下ろした。斬る。明確な殺意を込めていた。

だが渡世人が身を翻し、求馬の一刀は空を切った。渡世人は後方に退き、距離を取った。

八蔵の身体が、膝から崩れ落ちるのを背中で感じた。敬が八蔵に駆け寄る。だが、求馬は目の前の敵から目を逸らさなかった。

青白い肌。凶暴な目つき。一瞬でも気を抜けば、殺られる。そうした殺気を、この渡世人は纏っている。

「新手か。厄介だな」

「お前が甚六か？」

「そうさ。二十年前の意趣返しに来たのよ。あの時に助けた娘が庄屋になっていたのは皮肉なものだが」

「そうですよ。あなたが救ったお敬さんが、今の庄屋です。そして、あなたを役人に引き渡すと決めたのは彼女ではない」

「わかっているさ。お敬さんは、そんな女じゃない。小作人だった俺にも、笑顔で話し掛けてくれた。可憐で清らかで、美しい娘だった」

「ならば」

「だが、二十年。俺は暗い世界に身を堕とし、憎しみを糧に生きてきたんだ。そして俺は今、胸を病んで死病を抱えている。そう長くも生きれん。吉隈の連中を一人でも多く殺して恨みを晴らさなければ、死んでも死に切れんのよ」

甚六は哄笑すると、長脇差の切っ先を求馬に突き付けた。

甚六の言葉は嘘ではあるまい。その顔は、幽鬼のような生気に欠ける色をしていて、死病を抱えていると納得させるだけのものはある。

「邪魔するというのなら、その男のようにお前を殺す」

甚六を翻意させるのは無理だ。死病を抱えているのなら猶更。こうなれば、斬り合うしか道は無い。

求馬は正眼に構えた切っ先を、ゆっくりと下げた。風待ちの構え。息をゆっくりと吐き、半眼で甚六を見据えた。

強烈な殺気。憎悪。甚六は敬に憧れていたのだろう。その憧れが、自分を陥れた権力側の人間になった。絶望がより、殺意を強くさせた。

その甚六が動いた。颪。迅い踏み出しだった。

斬光が伸びる。それを躱すように、求馬は半歩だけ退いた。甚六の一刀が、眼前を掠める。求馬は、大宰帥経平を脇に構えた。このまま動かせば斬れる。

（いや、斬っていいのか？）

捕らえる道は無いのか？　捕らえて役人に突き出すべきではないのか？　幾ら八蔵を斬った男だとしても。

また、これだ。ここでいつも悩む。そもそも斬るべき者と、斬らざるべき者をどう区別するべきなのか。区別する資格が、自分にはあるのか。

甚六の二太刀目。刺突。払う。もう一つ。これは予想外の方向からだった。左手に匕首(ドス)を呑(の)んでいたのだ。

これは無傷ではいられない。負傷を覚悟で斬り込むか、或(あ)いは避けるか迷った時、暴風のような斬撃が甚六を襲った。

血飛沫(ちしぶき)。頭から降ってきた。目の前には首を失った甚六と、息を切らした迅之助がそこにいた。

「甘(あめ)ぇんだよ、糞(くそ)ったれ」

迅之助の拳(こぶし)が、右頬に跳んできた。求馬は躱しもせずに、それを受けた。殴られるだけのことはしたと思っている。

「こんな奴に、師匠を斬られたと思うと情けなくて泣けてくるぜ」

「すみません」

「もっと自分本位に考えろ。斬らずに済ませるとか、綺麗事(きれいごと)を抜かすんじゃねぇや。まず生き残らなきゃ、守れるもんも守れねぇだろ。悪党の命(タマ)に斟酌(しんしゃく)しているほど、甘い世界じゃねぇんだよ世間ってぇのはよ」

求馬は俯(うつむ)き、ただ迅之助の言葉を噛(か)み締めた。

「俺は斬り合いは嫌いさ。しかし、斬ると決めりゃ必ず斬る。死ななきゃならねぇ野郎はこの世にはいるし、何より死にたくはねぇからな。それが俺の正義と信じている。お前はどうだよ。茉名様の為に、散々っぱら斬ったんだろ？　それはいい。だが、もっと自分の為を考えろ。自分が生きる為に、斬られる前に斬れ。少なくともお前に抜き身を向けた奴らは、斬られる覚悟はしているはずさ」

迅之助は、刀を鞘に納めた。そして、八蔵に視線を下ろす。敬が血だらけの身体に縋って泣いている。「最後まで、庇ってくださいました」と。その八蔵は、もう息はしていなかった。

「正義ってもんは、手を汚さねぇと果たせないんだよ」

求馬は何も言い返せなかった。

幕章　風に流れて

1

迅之助が竿(さお)を出して、かれこれ一刻(いっとき)。魚籠(びく)には、溢(あふ)れんばかりの岩魚(いわな)が入っている。

餌は蚯蚓(ミミズ)で、大した仕掛けは施していない。それなのに、かなりの量を釣り上げることが出来たのは、この川の岩魚がよほど腹を空(す)かせていたか、或いは疑うことを知らない世間知らずか、そのどちらかであろう。

そもそも、岩魚は本来警戒心が強い魚だが、それ以上に獰猛(どうもう)なところがある。時に蛙や蛇すらも食べてしまうそうだ。そうした狡猾(こうかつ)で大胆な魚ではあるが、この川の岩魚はいとも簡単に人に釣り上げられている。

（まぁ、泰平に呆(ぼ)けていたんであろうよ）

それはまるで、御姫様(おひいさま)に権力の座を追われた、執行一派のようでもあると、迅之助は何となく思った。

信州小県郡土師。中山道の長久保の宿から北へ一里半ほど進んだところにある、交代寄合・草野門弥の所領である。迅之助は求馬を追って土師の陣屋町へと入り、扇屋という旅籠に投宿していた。

その求馬に、目立った動きはない。陣屋町の外れにある、晏祥院という小さな寺に入ったきりで、出歩く様子はない。なので宿の主人に釣り具を借り、山間の渓流に竿を出して無聊を慰めているのだ。

晴れていた。雲一つない青空が広がっていて、日差しには夏の色さえ感じる。だが時折吹く山の風が心地良く、熱を帯びた身体を冷ましてくれる。

魚信を感じ、迅之助は竿を立てた。小振りではあるが、丸々とした岩魚だった。

そのまま魚籠に放り込み、手際よく餌をつけて再び竿を出した。

釣りは好きだった。趣味と言ってもいい。というのも、人間様が関知など到底出来ない魚心というものがあって、一筋縄にいかないからだ。

迅之助は、昔から大体のことは何でも出来た。武芸も学問も、他の芸事もすぐに要領を摑めたし、色恋もそう。その中でも熱中出来たのは剣だけであり、そこには旭伝の存在が大きかったわけだが、それも「もう潮時か」との予感があった。

しかし釣りだけは違う。魚の気持ちは読めないし、時や場所によって、水の流れから温度・環境がガラリと変わって、これが本当に手強い。全く釣れない日もあって、下手をすれば続くこともある。

その難しさゆえに釣りが好きなのだが、こうして竿を出していると、むくむくと今の自分に疑問が湧いてくる。

「何をしてんだかね」

迅之助は、誰に聞かせるでもなく呟いてみた。

だがそれは、紛うことなき本心である。一体俺は、こんなところで何をしているのだ。

剣の師は死に、仙波家が属する派閥は崩壊。父は隠居し、後を継いだ兄は閑職で冷や飯を喰らっているという。また聞く話によれば、政変後の混乱は続いているらしく、反茉名派や執行派の残党が蠢動しているそうだ。このまま帰っても、そうした政争に巻き込まれるであろう。

仮に混乱が収まっていたとしても、部屋住みとして平凡で退屈な日々が待っているだけ。

確かに、求馬は気になる存在だ。しかし結局は、旅を続けたいだけで、求馬を体求馬の良い言い訳にしている自覚はある。糞ったれた現実に、戻りたくないのだ。求馬を追っていれば、師の仇討ちという帰国しない名目が立つ。国許の家族にも、そして自分自身の心にも。

（いや、気になるってぇのは嘘じゃないんだ）

求馬ほど、不思議な男はいない。

自信の欠片も無さそうな顔は強そうに見えないし、相手を威圧するような覇気も無い。それどころか、人を斬ることに迷いを抱き、自分の手が血で穢れることを嫌っている。

剣客というものは、斬られる前に斬ることを徹底的に叩き込まれるものだ。しかし、奴は迷う。斬るべきか、斬らざるべきかと。迷ってしまうのは、迷うだけの余裕があるからだ。それだけの才能を持っている。

俺とは違う。俺には、その余裕は無い。必死であるし、無我夢中だ。求馬は、およそ剣客らしくない男であるが、その実は才能の塊。旭伝を斬ったのも納得だった。もし求馬が迷いを吹っ切れたら、凄まじい怪物になると見ている。

（あの才能は、血筋というもんかな）

求馬の父親である筧三蔵は、剣鬼と渾名され、江戸では名の知れた存在だったらしい。江戸で軽く調べた限りだが、形式に囚われない斬人術としての実戦的な剣を志向し、商売剣法を否定した。そうした姿勢は旭伝の剣に通じるものがあり、迅之助の好むところである。

（旭伝は、剣鬼について知っていたのだろうか？）

そんな疑問が湧き、もし生きていたら訊いてみたかったと思ったが、すぐに「無理だろうな」と考えを改めた。

旭伝は江戸にもいたというし、年齢的にも知っていて不思議ではない。だが旭伝は、過去について、そして己の心中すら他人に話すような男ではなかった。迅之助もその来歴はぼんやりとしか知らないし、そもそも過去について触れることを許さぬような雰囲気を漂わせていた。つまり仮に旭伝が生きていても、おっかなくて訊けそうにもないのだ。

それとは別に、帰国しない理由の一つに、信丸のこともある。

同門で実力伯仲の好敵手。共に鷲塚道場の双璧と呼ばれた男が、旭伝の仇として求馬を狙っている。

仇討ちなど馬鹿らしく、求馬を斬ったところで何も得られない。信丸はいけ好かない男であるが、それでも同門の仲間。無益な争いは、どうにかして止めたいとも思っていた。

（しかし、どうやって止めるかね）

場を用意して、竹刀でやりあわせるか？　試合として、二人を立ち合わせるのだ。それが当世の剣客らしくもあり、清々しさもある。

だが信丸のことだ。求馬を見た途端に、白刃を抜いて斬りかかるはず。これも無理。だとしても素直に説得など、信丸が聞く耳を持つとは思えない。

あれこれと考えつつ釣りに興じ、陽が傾きだした頃に竿を仕舞った。山の日暮れは早いし、帰りに晏祥院へ寄って、求馬のご機嫌伺いをしなければならない。

「もし」

声を掛けられたのは、そうした頃合いだった。

振り向くと、網代笠を目深に被り、竿を手にして老爺が一人立っていた。腰に魚籠をぶら下げていて、見るからに年季の入った太公望である。

「わたくしは、徳前屋庄兵衛の手の者でございます。……名は明かすこともないでしょう。わたくしのような走狗の名など」

気配を感じなかった。この密偵は、忍びの術に長けているのだろう。江戸の深川で飯を食っている最中に、求馬の動向を耳打ちした町人は、この男の一党だったのだろうか。

「それで、俺に何用だ？」

「どういうおつもりなのか、我が主が知りたがっておりまする」

「話が見えんな」

老爺と向かい合っている。殺気は無い。やり合うつもりは無いのか、殺気を巧妙に隠しているのか。その判別はつきそうにない。

「あなた様は、仇である筧求馬と行動を共にし、あまつさえ命をもお救いしておりました」

その話か、と迅之助は嘆息した。そして、庄兵衛が自分に用事があるとすれば、その話しかない。

「俺は徳前屋さんに言ったはずだがね。仇討ちなど真っ平御免だと」

「ですが、あなた様はこうして筧求馬の後を追っておられる」

「そりゃ、誰かさんが俺に奴の行き先を報せたからさ。まぁ他にすることもないし、先生を斬った求馬という男が気になるんでね」

「なるほど。確かにあなた様に行き先を伝えろと命じたのは、我が主でございます。しかし、邪魔をするのは困る」

「邪魔？　俺が？」

老爺はこくりと頷いた。

「そんな野暮な真似はしねぇよ。俺には関係のないことであるし。俺はただ眺めるだけで、お前らが襲うが襲うまいが関係ないな」

「しかし、あなた様に気を乱されたと言っている者がおります」

そう言われ、迅之助は「ああ……」と三日前のことを思い出した。土師に向かう為の追分、長久保に入る手前でのこと。五十鈴川の傍で、求馬は浪人の挑戦を受けていた。

（あれは、徳前屋の刺客だったのか）

迅之助は、てっきり破落戸の浪人かと思っていた。

求馬は望月宿で、道場破りの浪人に占拠された道場を救っていた。そこで何人かの浪人を蹴散らしたので、あの浪人は意趣返しかと、勝手に思い込んでいたようだ。

その浪人とは暫く向き合った後、幾太刀かの刃を交わした。結果、浪人は右腕を失った。その光景を目にした迅之助は、「また不殺かよ」と毒づいたが、求馬はあろうことか浪人の右腕の止血までして、その場を立ち去った。

何故、そんな真似をしたのか。甘さ、弱さ、覚悟の無さ。そんなものがあるのだろうが、それでも求馬の剣は驚くほど迅い。

「あの浪人、己が負けたのを俺のせいにしてんのかい？」

「いいえ、件の浪人はどこぞに消えてしまいました。どうせ腕を失い、使い物にはなりません。それはいいとして、その浪人はあなたの存在を酷く気にしていた様子だったと、手下が申しておりましてね」

「へぇ」

「敵か味方かわからない者が傍にいると、目の前の相手だけには集中出来ぬのは、あなた様でもおわかりでしょう」

「知らんね。それに、俺がどこにいようと勝手じゃねぇか。そりゃ邪魔をする気はねぇが、指図を受ける義理もねぇよ。それに俺ぐらいの者に気を取られているようじゃ、求馬は斬れねぇぜ」

老爺は目を細めて迅之助を見つめるだけで、大した反応は示さない。ただ、迅之助を見据えるだけだ。

「そういえば、由良信丸様が長久保に入られました。おっつけ土師に参られるでしょう」

暫し睨み合った後、老爺が口を開いた。何の脈絡も無いが、言わんとすることは何となくわかる。

「土師では、中平茂左衛門という男の屋敷に滞在する手筈になっております」

「またそうやって俺に報せるわけか。今度はどんな魂胆だ？」

「土師は小さい陣屋町。どうせ耳に入ることでしょうし、ならば教えてあげるのが人情かと思いまして」

「走狗が人情を語るとは滑稽だな」

「人情を知らねば、人は騙せませぬから」

その返しに一笑し、迅之助は老爺の横を通り過ぎた。

恐らく老爺は、信丸の邪魔をするなと言いに来たのだろう。口では邪魔をする気は無いと答えたが、内心では二人の立ち合いは止めたいと思っている。

一人の剣客としては、信丸と求馬の立ち合いは見たい。考えただけで胸が躍る。

信丸は旭伝の影響を誰よりも強く受けた男で、神のように崇めている。その信丸が、剣鬼の倅である求馬に挑む。それはまるで三蔵と旭伝の立ち合いではないか。

それでもなお、迅之助は二人の立ち合いを止めたい。仇討ちでの斬り合いなど、馬鹿らしいにも程がある。それが知っている二人ならば猶更だった。

だから、迅之助はこの老爺を斬ろうと決めた。

「悪いが、あんたにゃ死んでもらう」

水心子正秀を抜き払うと、老爺は慌てて腰の短刀に手を掛けた。

「ほほう、血迷いましたかの」

「いいや、俺は正気さ。正気だから斬るんだよ。あんたは邪魔だ」

2

大量の岩魚と引き換えに、宿賃を値引きしてもらった迅之助は、中平茂左衛門の屋敷へと向かった。

扇屋の主人によれば、茂左衛門は土師でも指折りの豪農で、周辺数十ヶ村を統括する大庄屋でもあるらしい。

そんな茂左衛門と、庄兵衛が結びついている。そこにきな臭い繋がりを感じなくもないが、そこは自分には関係のないこと。藪蛇となって、面倒事に巻き込まれるのは御免である。

茂左衛門の屋敷は、小野谷という集落にあった。然程に大きくもない村であるが、百姓家群を取り囲むように広がる耕作地は、豊かで広大である。

それを可能にしているのは、近くを流れる千手川の豊かな水量と、背後に聳える青々とした里山であろう。学問で農政を軽く触れた程度であるが、村落の立地としては申し分ない。

その中で、ひと際大きな屋敷があった。これは数日前に滞在した、吉隈の庄屋屋敷とは比べ物にはならない敷地で、重厚な長屋門を見るに、これは千石級の武家屋敷では？　と思えてならないほどだ。

その屋敷に、迅之助は訪ないを入れた。勿論、信丸に会う為である。

「由良さまでございますか？」

応対に現れた若い女中に用件を伝えると、怪訝な表情を浮かべ奥へと引っ込んだ。

暫く門前で待たされると、奥から派手な着物を纏い、でっぷりと肥えた男が、身体を揺らしながら現れた。

用心棒なのだろう。両手には柄の悪そうな浪人が二人ついている。長閑な集落に見えたが、そこを支配する庄屋は堅気には見えない。

「さてさて」

肥満の男は、迅之助の真向かいに立つと、気持ちの悪いほどの笑みを見せた。

年の頃は五十かそこらか。肥え過ぎていて、正確なところは外見では読み取れない。ただ年季の入った肥満体で、真夏でもないのに鬢に汗を浮かべている。

「わたくしは、中平茂左衛門と申しましてね」

「知っているよ」

迅之助は、茂左衛門の言葉を遮るように言った。それでも茂左衛門の表情は変わらない。

「左様でございますか。しかし、妙なことでございますな。内密にしていることが、外に漏れるとは」

「何がだい？」

「この屋敷に由良様がいらっしゃると知る、あなたは何者でございましょうか？」

「仙波迅之助という、蓮台寺藩の部屋住みだ。まぁ、その信丸とは同門でね。それに徳前屋とも、浅からぬ繋がりがある」

茂左衛門は、厚い瞼に圧し潰されたような細い目を、迅之助へ真っ直ぐに向けた。

そこには武家に対する遠慮は無い。恐らく、当地を支配する草野家に対してもそうなのだろう。それが出来るのも、銭という力があるからか。

「そう仰られても」

「別に信じなくてもいいさ。俺は信丸に会いに来ただけだからね」

一歩前に出ようとすると、両脇の浪人たちがすっと前に出る。まるで調教された猟犬。銭欲しさに百姓の犬に成り下がったと見える。

「ですが、由良様は徳前屋さんからお預かりしているお客様でございます。素性もわからぬ方を、ご案内するわけにはいきません」

きっぱりと断る茂左衛門は大した度胸だが、それに付き合えるほど気が長い方ではない。些かの苛つきを覚えたところに、後ろから「構いませんよ」との声が飛んできた。

茂左衛門が振り向く。そこには、着流し姿の信丸が立っていた。

「茂左衛門殿、その人は知り合いですから」

「しかし」

「ご迷惑は掛けません。それに案外喧嘩っ早い人なので、用心棒の皆さんが怪我をしてしまいます」

そう言うと、信丸は視線だけで「ついて来い」と合図をした。

確かに気は短い方だが、狂犬のように誰彼構わず嚙みつくような真似はしない。それだけは訂正せねばと、迅之助は思った。

＊＊＊

「それで、何の用なのですか？」

信丸は、離れの濡れ縁に腰掛けるなり訊いた。どうやら信丸は、母屋から庭を挟んで反対側にある、この利休好みの離れで起居しているようだ。

「お前が土師に来ているって聞いたんでな」

「徳前屋の手の者ですか？」

迅之助は頷きつつ、信丸の隣に座った。

「お前、徳前屋の手先になったんだな」

「覓求馬を討つ為ですよ。今の私には、それしかありません」

「相変わらずだな」

信丸は旭伝の弟子であるが、それと同時に従者でもある。しかし信丸が旭伝へ向ける眼差しは、主従の関係を越えて、崇拝の域に達している。それが彼が旭伝の寵童と呼ばれる原因となっていて、その真偽はわからないし興味も無いが、仮にそうであったとしても信丸の評価は変わらない。

「あなたは、仇(かたき)を討つ気はないのでしょう？」

「そうだな。無い。それだけは言える」

「なら、どうして士師に？」

「あなただって、相変わらずですよ」

迅之助は鼻を鳴らすと、視線を庭の方へ向けた。

茂右衛門の財力が如実に表れた、池泉のある庭。樹木もよく手入れされていて、今こうしている間にも、庭師たちが忙しく手入れしている。

「なぁ、信丸。求馬は悪い奴じゃない。先生との立ち合いも、剣客同士のこと。無駄な殺し合いなんかやめろよ」

「まだ、そんな戯言(ざれごと)を」

「戯言だって何だっていいさ。思い直してくれりゃ」

「無駄ですよ。私は今こうして生きているのは、旭伝先生がいたからこそなのです。その旭伝先生を斃(たお)した者がいる。ならば弟子としても家臣としても、やることは一つ」

「そうか」

迅之助は、深い溜息を吐いた。それは諦めと後悔の溜息だった。

信丸を止めることは出来ない。この男の覚悟は、決まりきっている。

「話はこれで終わりですね。もしこれ以上、私の邪魔をするようなら、あなたを斬りますよ」

「お前と本気で立ち合うことは、さぞかし楽しいだろうな。でも命を賭けるほどじゃない」

迅之助は立ち上がると、笑ってそう言った。

もう無理だ。何が何でも、信丸は求馬を狙う。土台から無理な話だったのだ。信丸は、旭伝以外に何も無い。剣も名前も命でさえも、旭伝に与えられたものなのだ。そこから新しい自分を作り上げるつもりはない。仮に作り上げるにしても、求馬を斬ってからであろう。即ち、求馬を殺す他に進む道は無い。

仮に、もし自分が信丸の友であれば、聞く耳を持ったのかもしれない。だが同門として腕を競い合いはしたが、ついぞ友と呼べる関係までには昇華しなかった。ならば、最後まで見届けるしかない。二人に関わった男として。

「あなたは、見ていてください。手出しも無用です」

「あいよ。だがな、求馬は強いぞ。俺ですら、あんな奴に勝てるとは思えん。それほどにな」

＊＊＊

迅之助には、無力感だけが残った。

小野谷からの帰り道。陽は暮れかかっている。

翻意させる自信なんて無かったが、ここまで何も出来ないとなると、流石に落ち込むものもある。

(俺って奴は、とんだ勘違い野郎だ)

剣も学問も芸事も、そして色恋だって何でも出来ると思い込んでいた。それが、たった一人の男すら翻意させることが出来ない。恥ずかしい勘違い野郎だと、情けなくなる。

(まぁ、仕方ねぇ。あいつは、昔から特別だったんだ)

迅之助はそう思うことにして、頭を切り替えた。

信丸には、旭伝しかいないのだ。誰よりも早く道場に出て、門人に交じって稽古をし、それが終わると旭伝の従者として、身の回りの世話や家事に励む。全てが旭伝中心に暮らしていた。

彼の生い立ちについては、薄っすらと聞かされていた。孤児だった信丸は旭伝に拾われたという。詳しい経緯は知らないが、余程のことがあったのだろう。

信丸とは、そこそこの付き合いになる。俺が鷲塚道場に移った時からなので、五年以上にはなる。双璧と呼ばれ、迅之助は信丸をしたたかに意識していたが、信丸の視界には旭伝しか映っていないのは明らかだった。

信丸には、旭伝しかない。まるで隠れ切支丹のような、厚い信仰心を抱いている。それを不気味とは思うが、それでも同門の兄弟弟子。

(あいつは、俺の好敵手なんだ)

だからこそ、死んで欲しくはない。求馬と立ち合って欲しくはない。

「しばらく」

隠すことすらしない敵意と共に、迅之助は呼び止められた。

土師の陣屋町が、薄っすらと見えて来た辺り。人家は無く、耕地が広がっている。

「我らは、草野家中の者である。貴公の姓名とご身分を伺いたい」

そう言ったのは、二人組の武士だった。武士は四十手前の年嵩の男と、自分と変わらないぐらいの若い男。この二人の関係性はわからない。親子ではなさそうで、恐らく見習い役人と、その指導役といった感じだろう。

「物々しいねぇ。いきなり御用改めとは」

「領内で辻斬り(つじぎ)が多発しておってな」

「へぇ、そりゃ怖い」

迅之助は、すかした顔を作ってみせたが、内心では信丸の顔がチラリと浮かんだ。

(奴とて、そんな真似はすまいよ)

と、すぐに考えを改めた。信丸は旭伝同様に実戦的な、殺す為の斬人剣(ざんじんけん)を志向している。自分もその実戦的な剣に憧れ(あこが)た。しかし門人の中には、剣を磨くには、やはり人を斬る必要があり、その為には辻斬りも辞さないと嘯く(うそぶ)連中もいた。

そんな連中を冷ややかな視線で眺め、そして道場内では孤立していた信丸であったが、辻斬りが領内で起きる度に、信丸の顔が浮かんだのも確かだ。そして事実として、信丸が斬ったという噂が立ったことがある。その時に捕まえて訊いたが、信丸は否定も肯定もせずに、話を終わらせている。

「俺は仙波迅之助。蓮台寺藩士で、今は廻国修行(かいこくしゅぎょう)の身ですよ」

「ふむ。廻国修行とな」

二人の武士は、迅之助を囲んでぐるりと歩きながら、繁々と見定めている。それは不快以外の何物でもない。そうした二人に鼻を鳴らすと、若い方が年嵩の武士に、何やら耳打ちをした。

「どうやら、貴公とは年恰好が違うそうだ。手間を取らせたな」

「いいですよ。そちらさんも役目なんだし、こちらも後ろめたいことも無いですから」

「だが、いつまで土師に滞在するつもりかね？　ここは小さな陣屋町だ。剣を磨くならば、大きな町がよかろうに」

「そうですけどね。俺は風が吹くまま吹かれるままに流れるだけなんで」

「自由だな、貴公は。だが、長居しては御身の為にならんぞ」

そう言い残し、武士たちは踵を返した。どうやら土師へと戻るのだろう。一緒に仲良く戻るなど御免なので、その背中を暫く眺めていると、二人の腰から咄嗟に刃の光が走った。

抜いたのだ。迅之助も咄嗟に水心子正秀に手を掛けた時、木陰から飛び出した何者かが、二人に襲い掛かった。

ただ一刀。二人が崩れ落ちる。斬り合う暇さえ与えなかった。一つの呼吸の後には、二人は斃れていた。

（なんという男だ）
やや距離があるということもあるが、どう動いたのか、迅之助には見て取ること
が出来なかった。
その男の眼が、こちらに向いた。猛烈な殺気。全身が硬直する。迅之助は、丹田
に力を入れて、その男を見返した。
そして、一歩踏み出す。そうしなければ、俺は負け犬になってしまうと思ったか
らだ。
この男は、さっきの武士たちが言っていた辻斬りであろう。草野家の武士だけを
狙っていると、もっぱらの噂だった。
その男は刀を手にしたまま、待っていてくれている。面倒に巻き込まれるとはわ
かっていたが、何かに引き寄せられるように、進む足は止められなかった。
見かけは浪人だった。煮込み過ぎて元の色と柄がわからなくなったような、単衣（ひとえ）
と袴姿（はかますがた）である。
ただ体軀（たいく）は小兵と言ってよく、その面構えは幼い。丸く小さな眼と、それと同様
に小さい鼻と口。ただ額が異様に広く、縮れた毛を無理やり結っている。年の頃は
自分と同じぐらいだろうか。

迅之助は、男と向かい合った。胡桃のような瞳に、異様な眼光が灯る。猛烈な殺気に、後ずさりする足を、必死で留めた。

（蛇に睨まれた蛙とは、まさにこのことだな）

迅之助は気を取り直すかのように、鼻を鳴らした。これでいい。自分の調子を忘れないことが肝要だ。

「あんた、草野家の者か？」

男が口を開いた。がちゃがちゃとした、聞き取りにくい声。それだけに不気味で、背中に冷たいものが流れた。

「いや。さっき、あんたに間違われて、この役人たちに誰何されたぐらいだ」

「そうか。それは悪いことをしたな」

そうは言ったが、男は迅之助を見据えたままだった。

殺気というより、闘気に近い何かが湧き上がってくる。「お前と剣を交わしたい」と、男が語り掛けているようであった。

それに迅之助も呼応していた。それは自らの意思ではなく、これは剣客としての本能のようなものだ。剣で生きる者は、お互いに引かれ合う。そんなことを言う者がいたが、どうやらそれは本当だったようだ。

迅之助は、無言で水心子正秀をするりと抜いた。

正眼。男はゆっくりと脇に構えた。

無益なことをしている自覚はある。しかし、止めようは無い。ここでやめれば、俺は逃げたのだと、胸に刻み込まれるはずだ。

斬り合いは御免だ。人斬りも好きではない。だがそれ以上に、負け犬にはなりたくない。

お互いの剣気がぶつかった時、ほぼ同時に動いていた。踏み込み、斬撃を放つ。刃が交錯する。手応え（てごた）えは無かった。気が付けば、立っていた場所が入れ替わっていて、互いの刃が空を切ったのだと悟った。

「やるね、あんた」

男が短く言うと、刀を鞘（さや）に納めた。闘気はすっかりと消えている。迅之助は、汗が一気に噴き出すのを感じ、「お前さんもな」と答えた。

「なぁ、どうして辻斬りなんてするんだい？　人を斬るなんぞ気分が良いもんじゃないだろうに」

「別に、俺は何とも思わん」

男はそう言い残して、踵を返した。

一人になった迅之助は、大きく息を吐いた。暫く息をするのを忘れていたような感覚すらある。

どうやらあの男が、求馬の敵となる男であろう。蓮台寺の一件同様に、求馬は田沼意知に辻斬り事件の解決を命じられ、この土師へと入ったのだ。

(しかし、求馬にあの男を斬れるかどうか)

人を斬ることに迷っているようでは、到底勝てない相手である。

第三章　剣鬼の仔たち

1

朝餉は、白粥と万年漬と呼ばれる、大根の漬物だけだった。昨日もこの献立だったので、朝餉は決まったものを出しているのだろう。

求馬は膳を運んできてくれた修行僧に頭を下げると、早速とばかりに箸を取った。

晏祥院という小さな寺に入って、四日目の朝である。

様々な騒動に巻き込まれ、また自ら渦中に跳び込みつつも、やっとのことで土師に辿り着いたのが、三日前のこと。

到着したその足で、草野家の陣屋を訪ねると、波多十内という五十半ばの用人が現れ、この古刹に案内されたのだ。

波多は人生の酸いも甘いも、そして表も裏も知っているかのような、渋みの利いた初老の男である。

しかしながら、その佇まいや立ち振る舞いには、老いを全く感じさせない。背筋が伸びた長身で、身体のどこにも緩みは無く、若い頃は武芸で鍛えていて、今もそれを続けていることを伺わせる体軀の持ち主。それでいて髷にも着物にも乱れは一切無く、用人という職分を具現化したかのような男だった。

その波多曰く、当主の門弥は政事向きの用件で、土師を出ているという。行き先は教えてくれなかったが、三日のうちには戻るとのことで、「それまでは寺にいるように」と求馬は留め置かれていた。

だから今日の今日まで、求馬は動けなかった。波多の言いつけを守らずともいいとは思ったが、逸刀を探すにしても、こうした探索のいろはすら知らず、何から手を付けていいかもわからない。それなら無理に動いて、波多ら家中の反感を買うよりも、大人しくしている方が利口だと考えたのだ。

それに自分には、百面の音若という頼れる相棒がいる。今は自分の代わりに動いていると思えば、この寺に引き籠ることへの焦燥感も薄くなろうというものだ。

だが、その音若とは未だ合流はしていない。どうやら門弥を密かに尾行ていて、動向を探りつつも、護衛をしているとのことだった。

辻神逸刀が草野家中の士を狙う以上、門弥は我々の大将。討ち取られれば、こちらの敗北である。そうさせぬ為にも、密かに同行する必要があった。

（何も、こんな時期に土師を出ずとも……）

とは思うが、身分なりの事情があるのだろう。それに、辻斬りが怖いからと務めを疎かにするのは、武士としての面目が立たない。

これら音若の動きは、長久保で待ち構えていた連絡役が教えてくれたことだった。他にも公儀の密偵たちが土師に入っていて、逸刀に斬られた仲間たちの仇討ちに燃えているらしい。

とにもかくにも、探索については音若に任せておけば、まず問題は無いはず。そう思えるだけの信頼関係を、数々の修羅場を通して築いていた。

そうした経緯で、ぽっかりと空いた三日という時間を、求馬は自分自身に向き合うことに費やしていた。

住持に借り受けた地蔵堂へ入り、一人座禅を組むのだ。頭に巡るのは、これまでの戦いの光景である。

昨年の茉名との出会いから、目まぐるしい変化と戦いの連続だった。

まずは、自分の弱さを突き付けられた。逃げないこと、生き残ることで必死だった。しかし茉名が背中を押してくれたことで、執行外記の野望を挫き、舎利蔵で旭伝に勝利することが出来た。

そうして得た、些(いささ)かの自信と腕の伸びを自覚した今、新たな迷いが心中に生じてしまった。

それは、人を殺(あや)めることへの迷い。考えの甘さを、露呈してしまったのだ。人を斬り、この手を血で染める覚悟はしているつもりだった。もう自分は、人を殺していなかったあの頃には戻れない。即ち、善人にはなれない。ならば、人斬りなりに、世と人の為に働こうと。その覚悟をしたからこそ、公儀御用役として働くと決めた。

しかし、揺らいでしまった。迷いが生じてしまった。結局は、この手を血で染め続ける覚悟が無かったのだ。

（さてと……）

求馬は塩っ辛い漬物で粥(かゆ)をかき込むと、日課となった地蔵堂へと入った。途中、住持に挨拶(あいさつ)をした。住持は七十にはなるであろう老爺(ろうや)で、地蔵堂に入ると告げると、顔をくしゃくしゃにして「精々悩んでくるがいい」と笑った。

埃臭(ほこりくさ)くて、妙に湿っぽい一室。岩座の地蔵菩薩(ぼさつ)立像と向かい合うように、求馬は座禅を組んだ。

別に信仰心が篤いわけではない。自分自身と向かい合う場が欲しかっただけであるし、求馬を一瞥した住持に「酷い顔じゃな。座禅でも組んでみるとよかろう」と勧められたことがきっかけだった。

相変わらず、地蔵菩薩は何も応えてはくれない。ただ穏やかな顔で、こちらを眺めているだけだ。

「地蔵菩薩は苦悩の人々を、その無限の大慈悲の心で包み込む御仏じゃ。おぬしが抱える心の屈託もいずれは晴れる方へ導くだろうよ」

住持はそんなことも言っていたが、今のところ地蔵菩薩の功力は、示されていない。

（まぁ、それも仕方なかろうよ）

少し座禅をしただけで御仏の教えが授けられたら、坊主たちも必死で修行などしない。それに、仏に頼るつもりもない。これは自分の力で乗り越えるべき問題なのだ。

「正義ってもんは、手を汚さねぇと果たせないんだよ」

ふと迅之助の言葉を思い出し、求馬は苦虫を噛んだ。

あの時の表情。そして声色。それが何度も何度も、頭の中で蘇る。

地蔵菩薩が、「頼るつもりがないのならば、己の力で乗り越えてみよ」と言わんばかりに。

(そんなことぐらい……)

わかっている。わかっているに決まっている。綺麗事(きれいごと)だけで人は救えない。お前なんかより、俺の方がよっぽど知っている。

安永(あんえい)四年、七月三日。日光例幣使街道(れいへいしかいどう)の六番目の宿場、木崎宿(きざきしゅく)を目の前にした街道沿い。

俺はそこで、己の無力さゆえに罪なき者を二人も死なせてしまった。しかも自分は、小便を漏らしガタガタと怯(おび)え、何も出来なかった。目の前で殺されるのを、見ているだけしかできず、浪人に「斬る価値も無い」と捨て置かれてしまった。

あの時の屈辱は、忘れられない。終生、忘れてもいけない。全ては、あそこが始まりだった。逃げない男になりたいと、願うようになったのも。

だというのに、今の俺はなんて様(ザマ)だ。

「実力に見合わぬ正義感は、早死にするだけよ。悔しかったら、それに見合うだけの力を身につけることだ」

あの日の、浪人の言葉を呟(つぶや)いてみた。

結局はこれだ。強くなるしかないのだ。誰かを守る為にも、人を斬らずに済ませる為にも、そして自分が死なない為にも、剣と精神を磨くしかない。

（でなければ、俺は茉名さんの横に立つ資格は無い）

茉名さんは、蓮台寺で改革をしている。一門衆に門閥、そして旧執行派。多くの者から憎しみを買いつつ、より良い政事を目指して戦っている。

なのに、自分はどうだ。また、いつもの臆病風か。

（いいや、違う。覚悟したのだ。茉名さんと一緒に）

だから、その道程で人を斬ることになろうとも、しっかりと受け止めよう。罪も業も、そして憎しみも背負う。それが人殺しが、世の為に為せる唯一の功徳。

目指すべきは、活人の剣。正義の剣。他人を活かし、自分も生きる剣だ。

そこまでに、どれだけの人を斬ることになろうとも、俺は怯まない。この手は既に血で汚れている。今更何を恐れようか。

俺は剣鬼の子である。

＊＊＊

眩い光が、地蔵堂の暗黒を二つに断ち割った。

振り向き、目を細める。逆光でよく見えないが、「求馬様」と呼んだ声で誰だかすぐにわかった。

細身で、蜥蜴のような顔。恰好は腹掛けと股引の上に、端折った着物を着込んだ、岡っ引きの風体。腰には使い込まれたように見える十手が差してあった。

一見してやくざ紛いの、十手持ち。外見だけでなく放っている雰囲気も、性質の悪い岡っ引きが持つ、悪徳と退廃を漂わせている。

どう見ても本物であるが、これが音若が百面と渾名される所以である。

「音若さん、岡っ引きに商売替えですか？」

「求馬様こそ、得度するおつもりで？」

そう言って、お互いに笑い合う。厳しい旅を、命を預け合って切り抜けた安心感と信頼がそうさせるのだ。

「ここまでの道中で色々とありましてね。自分の中に迷いが生じたので、御仏の裳裾に縋ろうかと」

「怖気の虫を払ったと思えば、今度は迷いの虫ですか」

音若は一つ頷くと、それ以上は触れようとせず、「今しがた戻りやしたので」と求馬の前に腰を下ろした。

「まずは辻神逸刀について教えていただけませんか？　その男については、名前だけしか知らないのですよ」

音若は、「へぇ」とだけ言って、逸刀について知っていることを説明した。

辻神逸刀。生国も本名も不明な浪人で、年齢は三十から三十後半。どこからともなく現れて辻斬りを働き、その名前を書いた紙を骸の傍に捨てるということを繰り返している。

剣の凄腕であるが流派は不明。その凶刃が狙うのは、草野家に関わる男。草野家一門、家人が主であるが、最近は岡っ引きや出入りの御用商も名を連ねているという。

「だから岡っ引きの恰好を」

「左様で。逸刀が現れりゃ万々歳。そうでなくとも、こちらの方が何かと便利でございますからね。勿論、草野家にも土地の親分にも話を通しておりやす」

「それで逸刀の居場所は？」

　その質問に、音若が渋い表情を浮かべた。

「凄腕な上に狡猾な野郎らしく、中々に尻尾を摑ませてはくれやせん。しかも少人数で追えば返り討ちに遭い、大人数で追えば領外に逃げるという、徹底ぶりで」

「そして、ほとぼりが冷める頃に戻って辻斬りを働くという感じでなのですね」

　それが、妙に引っ掛かる。ただの辻斬りが、そんな周到な真似が出来るだろうか？

「しかし、桃井殿は逸刀に辿り着けたわけですよね」

「いや、これに関しては辿り着けたわけではなく、襲われたんでございやすよ。桃井様は逸刀について、あちこち回って話を訊いておられたとか。きっとそれが逸刀の耳に入り、襲われてしまったのでございやす」

　音若が言うには、その場には組んでいた密偵もいて、共に凶刃に斃れたという。

「音若さん、殺された人たちに共通することはないですか？」

「共通点。そいつはどうして？」

「この一件、俺はどうにも逸刀が単独でやっているとは思えないのですよ」

すると、音若は軽く微笑んで頷いた。「よく気付いた」と言わんばかりに。

「あっしもそう思いやす。ですが、被害者の共通点はございやせんね。年齢、身分、派閥。そのどれも、てんでんばらばら。つまり、見境なしに襲っているというわけです」

「そうですか。……ならば、草野家に強い恨みを抱いているのは明白ですね」

「へぇ。徹底的に根絶やしにしたいのでございましょう。そもそも辻神というのは、道々に現れ禍をもたらす化け物の名でして、名は体を表しております」

「しかし、どうして斯様な真似を。その辺は摑んでいますか？」

「それが、さっぱり。逸刀の正体が不明でございやすから、摑みようがございやせん。ですが、ならばと草野家を憎む筋から斬り込んでみやした」

「そうか。凶刃を振るう動機から探って、その先にいる下手人に目星をつけようというわけですね」

すると音若は腕を組み、「それで、気になる話を耳にしやしてね」と、「あくまでも噂」だと前置きした上で、ある話を切り出した。

それは門弥には異母兄がいて、その早世にまつわる噂だった。

門弥の父・長門には、善助という名の嫡男がいた。この善助を産んですぐに生母である正室が亡くなり、それから暫(しばら)く後に継室を迎えた。

その継室が、善助が三つになる頃に男児を出産。これが門弥なのだが、その直後に善助が急な病で亡くなっているのだという。

「急な病ですか。きな臭い話ですが、あり得ない話でもないですね。貴き身分の家には、〔都合のいい死〕はよくある話だとか」

「そりゃそうなのですが、この話には続きがございまして。病というのは表向きの話。実際は神隠しに遭ったとか」

「神隠し？」

「ある日突然、陣屋からいなくなったとか。必死に捜したようなのですが、今もって行方は不明のまま」

そうした神隠しがあって、子どもが消えるという例は何度か耳にしたことがある。

怪異の類(たぐい)を信じる方ではないが、全くあり得ないとは言い難い。

それに音若は「必死に捜した」とのことだが、果たしてそうであるか疑わしい。

継室にとっては善助が消えるに越したことはない。それに消えたと言っていたが、消した可能性も無くはないか？

「今から三十年も前のこと。今更その真相を確かめる手段はございませんし、恐らくそれは草野家にとって最も突っつかれたくはない泣き所。ゆえに、それ以上は追っておりやせん」

求馬は「それでいい」と言わんばかりに頷いた。今のところは、これぐらいでいい。善助を追ったところで、逸刀に辿り着く確証も無いのだ。

「ところで、門弥殿はどこへ行かれていたのでしょうか？」

「下諏訪の両替商、鴨生屋という商人のところでございやした」

「こんな時に、御用の向きでしょうか」

「どんな用件かは調べられませんでしたが、長く話し込まれていましたよ。恐らく領内の改革のお話でございましょう。門弥様は二年前に家督を引き継がれ、今は色々と変えようとされているのでございます。前当主であるお父上は、お世辞にも良い統治者とは言えなかったといいますし」

「こんな時でも政事を滞らせないようにするというのは、立派な心掛けですね」

「門弥様は、意知様のご友人だけあって、かなりの切れ者でございます。どうです、お会いされますか？」

「ええ、行きましょう。自由に動く許可も必要ですし、話してみることで、見えてくるものがあるかもしれません」

「ほほう。それは何だと思われやすか？」

「逸刀の背後にあるもの。これは単なる辻斬りではないことは明白です」

「そりゃ、あっしも同意見で」

「恐らく、このまま探しても逸刀には辿り着けないでしょう。下手をすれば桃井殿のように、逆撃を被ることになります。誰が敵か味方かわからない以上、この土師では気を抜けません」

「求馬様も疑い深くなりやしたね。ですが、その資質はお役目では大切なことでございます。これまでも求馬様は、素直が過ぎましたから」

そう言って音若が笑ったので、求馬も釣られて笑った。褒められているのか、貶されているのか、それがわからないのも面白かった。

2

土師は、三つの町によって形成された陣屋町だ。

そこまで大きくはないが、一つの武家地・二つの町人地が整然と整備されている。その町の中心に陣屋があり、それを囲むように武家地が広がっている。

陣屋は水堀を巡らせたもので、規模としては陣屋の中でも小さい。そこは万石未満の交代寄合の家格に見合わせたものなのだろう。

門番役に用件を伝えると、すぐに奥から用人の波多が現れた。

「何か？」

波多は、抑揚のない声色で訊いた。

「草野様が戻られたとお聞きしましたので、伺った次第です」

「左様でございますか」

波多の声色からは、何の感情も読めなかった。それはまるで、初めて来訪を受けたかのような反応で、求馬は「門弥が戻ったのなら報せてくれよ」と些かの腹立ちを覚えた。こちとら、波多の言う通り晏祥院で律義に待っていたのだ。戻ったのなら、報せてくれるのが筋というものだ。「何か？」ではない。

それから求馬と音若は、次の間で待たされた。五畳ほどの小さな部屋で、四半刻後に再び波多が現れた。

「殿がお会いになられます。ですがこの先は、筧殿お一人のみで」

波多が軽く音若を一瞥して言うと、求馬は「いや」と声を挙げた。

「待ってください。音若さんは、こうした恰好をしていますが、れっきとした公儀の者です」

「しかしですな」

すかさず、音若が耳打ちをする。「あっしのことは、お構いなく」と。しかし、求馬は首を横に振った。

「今回の役目は、田沼様より直々に俺と音若さんに言い渡されたのです。俺は半人前ですし、どうかご一緒させてください」

「筧殿、武家には身分というものがございます。公儀御用役のあなたに、わざわざ言うことでもないでしょうが」

「わかりました。波多殿がそう仰るのなら、我らは江戸に立ち返り、そのまま申し伝えます」

求馬は静かに言った。感情を込めず、怒っている風でもなく。すると、暫し波多と睨み合い、軽く溜息を吐いて部屋を出て行った。

我ながら、虎の威を借りる狐のようで嫌な手と思う。しかし音若は大事な相棒であるし、この頭でっかちを納得させるには、公儀という権威が有効だと思ったのだ。

＊＊＊

通されたのは、表屋敷にある二十畳ほどの客間だった。

床の間には、白い花が生けられている。また、客間からは中庭を望むことが出来て、庭を挟んで向かいが政庁としての機能なのか、家人たちが頻繁に行き来しているのが見えた。

結局、音若は同席を許されたが、求馬のやや後ろに控えている。

足音が聞えたので、求馬と音若は平伏した。床を蹴る小気味のいい音。それだけで、これから現れる男が、せっかちということがわかる。

「待たせてしまったかな？」

そう言うと、男は顔を上げるように促した。

目の前に、二十後半の男が座っていた。眼が細く、ほっそりとした男だった。どこか冷たい印象も覚えるこの男が、草野門弥である。

「君たちか、公儀御用役の……」

「筧求馬と申します。後ろに控えるは、音若という者で、意知様の信頼厚き密偵でございます」

門弥の細い目が、求馬の奥へと向いた。音若が、慌てて平伏をする。

「その者のことか、波多が言ってたのは」

「ご無理を言って申し訳ございません。しかし、私は公儀御用役になったばかりの半人前。何かと音若に支えられている身ですので、この一件を解決するには同席させる方が良いと考えました」

「いや、それは構わんよ。あれは何かと融通が利かぬのだ。私が君の立場であれば、同じようにするだろうし、気にすることはない。それよりも、これからのことだ。何か手掛かりは見つかったかな？」

「いや私は三日前に到着し、草野様が戻るまでは晏祥院で待つようにと申し渡されまして」

すると、門弥は急に眉を顰め、軽く舌打ちをした。

「何とも無駄なことよ。この三日という時を、どぶに捨てたようなものだ。早く動けば、それだけ下手人に近付けるというのに」

「いや、これは草野様の面目を立たせようというご配慮。波多殿はご用人として、当たり前の対応をしただけかと」

「そうすることで下手人を捕縛出来るのであれば、いくらでもするがいいさ。しかし、実際は違う。先程の一件もだが、奴は頭が固くて古い」

どうやら門弥と波多の間には、少なからず確執があるようだ。勿論、そこは役目に関係は無いが、一応は頭に入れていいのかもしれない。

「しかし、前任の桃井殿には悪いことをした。我々の為に戦い、そして」

「いえ、それがこちらとしても役目でございますので。それよりも、辻斬りの凶刃はご家中のみならず、御家に関わる者にまで及んでいるとか。斯様な真似は看過出来ません」

「その通り。お陰で家人どもは怯えておるし、暇乞いをする者まで現れる始末だ」

「ならば、一刻も早く辻神逸刀を捕らえなければなりませんね」

と、ここで後ろから「覧様」と、音若から声を掛けられた。これは、話を進めろという合図だった。

ここまでの道すがら、音若とは面会に際して「何を訊くか？」「どう訊くか？」という攻め方は打ち合わせをしていた。場合によっては、求馬一人で面会する場合もあり、そこを含めて色々と助言をもらっていた。いかんせん、こうした探索なり駆け引きの経験は乏しい。

「さて草野様、お時間も限られておりますので、単刀直入にご質問することをお許しください」

門弥は、力強く頷（うなず）いた。「望むところだ」と言わんばかりに。

「まず辻神逸刀という男に心当たりはございますか？」

「いや。全くだな」

「そうですか。では次の質問でございますが、辻神逸刀は草野家に強い憎悪を抱いているように思えます。その辺で何か思い当たる節はございませんか？」

「武家に生まれ育った身。しかも一家を率いる立場だ。素行不良や力量不足で暇を出した家人もいる。どこぞで恨みを買っているかもしれぬが、浮かぶ顔は無い」

「では草野様ではなく、お父上様に関わることで何か？」

「さて、それはどうかな。父は私のように何事にも熱心な性質（たち）ではなく、政事（まつりごと）は家中の者に任せっきりだった。奥向きでは、母の尻（しり）に敷かれていたし、言わば人畜無害のような人だった。そのせいで私は苦労しっぱなしであるが。まぁ……恨まれるなら、私のような人間だろうな」

「しかし、心当たりが無いんですね」

「そうだ」

「これは手の者から聞いたのですが、草野様は領内経営の一新を図っているとか」

門弥が、ジッと求馬を見据えた。これも立ち合いのようなものだ。真剣ではなく、言葉の立ち合い。中途半端な踏み込みでは、逆撃を被る。ならば、と求馬は言葉を続けた。

「私が待たされた間、その改革との関わりで土師を出られていたとか。いつ逸刀が現れるやもしれぬ状況で、勇気があるものだと感服しました」

「よく調べておるな」

門弥が目を細めていた。それはこちらに対する警戒心の表れであろう。自分の動向を探られていたのだ。そうなるのも無理はない。しかしここで怖気(おじけ)づいては、欲しい情報も得られない。これは賭(か)け引きなのだ。

「申し訳ございません。門弥様が陣屋を出られている以上、いつ逸刀が襲ってきても不思議ではない状況でございましたので、密(ひそ)かに探らせておりました。この件についてはご容赦ください」

「構わぬ。不快ではあるが、それも致し方なかろう」

「それで思ったのですが、草野様の改革に反対されている者はおられないのでしょうか？」

「ほう」

「少し気になっただけです。探索の参考になるかもしれませんし」

門弥は息を一つ吐くと、求馬を見据えて口を開いた。

「私の家臣の中に、そのような者はおらんな。皆が総力を挙げて、取り組んでいる。それほど、我が領内の事情は厳しいものなのだ」

「では、御家の外には」

「どうだろう。少なくとも、私の耳には届いておらん」

「そうですか」

そうは言ったが、「そんなわけがない」と求馬は思った。何かしらの弊害があるからこそ、改革をしようとするのだ。猪突猛進が過ぎるのも、駆け引きとしては悪手であるが、ここらが潮時だろう。領内が平穏であれば、何も変えることはない。そう思って頭を下げた時、門弥は「どうしてそんなことを?」と訊いた。

「まるで辻神逸刀の背後に、誰かがいるような口振りだが」

「あくまで可能性の一つです。改革を頓挫させる為に、何者かが逸刀を指嗾しないとも限りません」

「なるほど。君は見かけによらず疑い深いな。しかし、その猜疑心は物事の本質を見えづらくしてしまう。例えば、そこの音若は波多に同席を断られた。それは単にあの男が身分に煩いだけなのだが、疑い深いと『音若を断った背景には、大きな陰謀と黒幕がいるのでは？』と考えるようになる。真実は波多の性格なだけなのにな」

求馬は何も言わず、ただ目を伏せた。門弥の言わんとすることはわかる。しかし、疑ってしまうような地獄を去年体験したばかりなのだ。人の欲と野望が、引き起こす地獄を。

＊＊＊

「どうでございやしたか？」

陣屋を出ると、音若が声を掛けた。

すぐ前の通りは、家臣の中でも大身の者の屋敷が連なっていて、人通りも少なく閑静な雰囲気である。

「緊張しましたよ。やはり、こういうのは慣れませんね」

それだけに、茉名は凄いと思った。旅を始める前は高飛車な姫だったと言うが、去年の騒動の中で、川賊の親分や門閥の老臣どもと駆け引きをして、引けを取るどころか、丸め込んでさえいるのだ。

「いや、草野門弥様のことでございやすよ。求馬様の緊張は見ているだけで伝わっておりやしたから」

音若が一笑し、求馬は「そっちか」と頭を掻いた。

二人の足は、町人地である東口町へと向いていた。少し遅いが、昼餉をと思ったのだ。寺の精進料理には、飽きてきた頃合いでもある。

「草野様は、何というか……」

「自信家」

「そう、それだ」

思わず求馬の声が大きくなり、慌てて口を閉じた。

「草野様は切れ者と評判ですし、実際に頭はいいのでしょう。意知様が認めるほどでもあります。ですが、こう自信が過ぎると言うか。家中に不満を持つ者がいないと言い切る辺りが」

「あっしも、同様に感じやした」

「しかも波多殿のことを、悪しざまに言っておりました。少なくとも、草野様は波多殿を良くは思っていない。そうした感情は、得てして言葉尻や態度でわかるもの。波多殿にも伝わっていることでしょう。しかも、ものの考えようが丸っきり違うのです。実利を得る為なら序列や身分を気にしない草野様と、まずは秩序を重んじる波多殿。どう考えても水と油」

「波多殿は、ご先代であられる草野長門様の頃からのご用人で、家中では重石（おもし）のような存在とか」

「そんなの、上手（うま）く行かないに決まってますよ。さぞかし煙たい存在なはず」

「どうです？　波多様を突っついてみやすか？」

「ええ。ですが、腹ごしらえをしてから」

「そいつは当然。東口町にゃ、旨（うま）い飯屋がございやしてね。小県といえば蕎麦（そば）がきが有名でございやすがね、ここらは牡丹（ぼたん）を使った料理が評判なんでございやすよ」

牡丹と言えば猪肉。獣肉を喰（く）えば身体が丈夫になると、三蔵によく食べさせてもらったものだ。

味噌（みそ）で煮込んだ鍋（なべ）にしたり、塩を振って焼いたりと、求馬にとっては懐かしくも、父の味。朝餉（あさげ）が粥（かゆ）だけだったからか、腹の虫が盛大に鳴った。

3

昼餉を終えた求馬たちは一旦晏祥院に戻ると、境内の隅で襤褸を纏った老爺が蹲っていた。

求馬の姿を認めたのか、ゆっくりと顔を上げる。左眼が白濁し、歯が抜けた洞穴のような口を開けていた。見るからに、乞食の風体である。

「もし」

老爺が求馬にそう声を掛けた時、音若が「仲間でございやす」と耳打ちをした。仲間、即ち公儀御用役の密偵である。

「これを」

と、老爺は懐から帳面を差し出した。乞食の風体にしては、真新しい代物である。

「この帳面は何でしょうか？」

「事件について、まとめたものでございます。ご笑納ください」

求馬が頷いて受け取ると、老爺は頭を下げ、風のように駆け去って行った。

「凄いな、彼は」

「へぇ。彼は盗っ人上がりのあっしとは違い、正真正銘の忍びでございやすからね。歳を重ねて引退しておりやしたが、桃井様の訃報に接し自ら志願して復帰したようで」

「仲が良かったんですね」

「引退するまで、桃井様と組んでおられやした」

「俺と音若さんのようにですか？」

「左様で」

それから求馬たちは、自室で渡された帳面に目を通した。

そこには被害者の名前や年齢・身分、そして被害状況など、事件のあらましが克明に記されている。

最初の辻斬りは、昨年の正月。松の内が明ける前。挨拶回りからの帰宅中、小姓の滑川金之助が斬殺されたことに始まる。

それから月に一人か二人、夏の前に一度山狩りを行い、それから暫く辻斬りは止んだが、夏の暑さも翳りを見せてきた頃に、今度は馬廻組頭の大藪忠兵衛が従者と共に斬られ、それ以降は頻度が格段に増加し、年が明けると家人だけでなく、御用商や十手を預かる岡っ引きまでもが襲われるようになったという。

また最後には事件の要因、草野家が恨まれるであろう事柄が幾つか記されていた。辻神逸刀からは、草野家を根絶やしにしようとする執念、怨念めいたものを感じる。そこまで草野家を憎む原因を考えた時、過去に何かあったとしか思えない。密偵たちも、同じ読み筋なのだろう。

「目立ったところはこの三件ですか」

「へえ。どれも、動機としては十分でございやしょう」

まずは今から五年前の安永二年に、勘定方組頭の堂丸紀一郎が公金を横領したとして切腹。嫡男以下、一族を領外追放しているが、この横領が冤罪で、何者かに謀られた可能性もあるという。

更に遡って八年前の明和七年には、郷方村廻り役の安良岡忠吾が、日頃叱責をするなど厳しく当たっていた上役を斬って遁走。討っ手を派遣したが、未だ発見に至らず。

そして二十年前の宝暦八年、当時専横を振るっていた家老の伊部主水が、これまでの秕政を糾弾され失脚。主水は蟄居閉門の最中に病死。嫡男は出家し、伊部家は取り潰しとなった。しかし主水の甥であり、一刀流の名手であった伊部京之介は、この失脚を主導した勘定奉行を暗殺して逃走。これも、行方をくらましている。

下手人の候補としては、堂丸紀一郎の嫡男を含む縁者、或いは安良岡忠吾と伊部京之介。音若が言うように、彼らが草野家を憎む理由はある。

ただそこには、草野善助についてのものは無い。三つの時に、神隠しに遭ったと噂される、草野家の嫡男だった男児。表向きは病死。しかし忽然と姿を消したと噂され、善助に代わって継室の子である門弥が、家督を継承することとなった。

しかし、こうした家督に関する黒い霧は、何も珍しいものでもない。後ろめたいことは、どこの家でも一つや二つはあるだろうし、蓮台寺の一件とて同じようなものだ。

「神隠しの件には触れていないようですね」

「へぇ。草野家の秘事でございやすから、おいそれと触れられやせん。求馬様は、辻斬り事件に神隠しに遭った男児が関わっているとお思いなのですか？」

「明確に関わっているとまではないのですが、ただ記載が無いなと思っただけで」

「確かに謀事の臭いはいたしやすが、可能性としてはこの三件の方が高いかと」

「ええ。ただ……どれも『これだろう』と思えても、『これだ！』とは思えない。どうにも手応えがない」

「左様に。やはり、聞き込むしか手は無さそうでございやすね。他の密偵たちもそちらで動かしたいところではございやすが、何しろ手一杯で」

「仕方ありませんよ。それでは、まず波多十内から当たりましょうか」

音若が「へい」と頷いたので、求馬は腰を上げた。

＊　＊　＊

波多の屋敷は、陣屋のすぐ横にある。

この辺りの屋敷の中では、ひと際立派で、広い敷地を持つ武家屋敷だった。それだけで、波多家が家臣団の中で、どれだけの地位と立場にあるのか、窺い知ることが出来る。

求馬は波多家の奉公人に訪ないを入れると、すぐに波多が奥から現れた。役目を終える刻限は調べていたので、見計らっての訪問である。

現れた波多は着流しに袖無し羽織という気楽な恰好ではあるが、それでも折り目正しく着こなしていた。万事に於いて、この男はきっちりとしなければ気が済まないのであろう。上役であれ家臣であれ、波多のような男が傍にいたら、息苦しいことこの上ないはずだ。

「やはり来られましたか」

波多は突然の来訪に、驚いた様子を見せなかった。「やはり」と言うあたり、想定内だったようだ。ならば、まどろっこしい真似はせず、本題に入った方がいい。

「逸刀の件で、少しお話をお伺いしてもよろしいでしょうか？」

「構いません。それに、いずれ来られるものと思っておりました」

波多は軽く目を伏せて、邸内に二人を迎え入れた。

「音若さんもいいのですか？」

求馬がすかさず訊くと、「勿論です」とさも平然と言ってのけた。

「この者は、筧殿のお目付け役のようなものなのでしょう？　いや、相棒ですかな」

「ですが、今日あなたは」

「筧殿、陣屋は公の場でございます。しかも、我が主との面会。そのような場では、やはり身分による格式、序列は無視は出来ません。しかし、この屋敷の内は私的な場。私の一存で決められます」

「それって」

「つまり私個人としては、身分や序列など気にしないということです」

どこまでも、公私に於いて一本線を引いた男だと求馬は思った。こうした姿勢は、主君を支える立場としては必要な資質だと思うが、同時に誤解もされるだろう。公私を分けるということは、その判断に情も絡まないということを意味している。

客間への道すがら、子どもたちの楽しそうな笑い声が聞えて来た。求馬がその声に反応すると、波多は「私の孫でございます」と言った。

「楽しそうですね」

「二男三女、五人の孫がおりましてな。毎日騒がしいものです」

「子どもは元気が一番ですよ。最近の江戸では、騒がしい子どもに目くじらを立てる者もおりますが」

「ほう、それはなんとも。心に余裕が無いのでしょうな。余裕が無いから、周囲のことを考えられない。自分のことだけで、精一杯になる。子どもこそ宝だというのに」

その言葉に、求馬と音若は顔を見合わせた。

波多は冷徹で生真面目な男と思っていたが、これは考えを改める必要がありそうだ。

通されたのは、屋敷の奥にある客間だった。五畳ほどの小さな部屋で、床の間には、竹林と月が描かれた水墨画の掛け軸が飾られている。

「それで、辻斬りの件と申されましたね」

向き合って腰を下ろすと、まず波多が口を開いた。

「ええ。まずこの一件について、ご家中での調べはどれほど進んでいるのでしょうか？」

「その辺りは、前任の桃井殿にもお伝えしましたが、調べというほど進んではおりません。これまでの目撃証言から逸刀が潜んでいる場所の推測はしていますが、少数で動けば襲われますし、大勢で乗り込めば領外に逃げて行く始末。確実にわかっていることは、浪人の風体ということと、三十から半ば辺りの年頃ということ。そして辻神逸刀という名前だけ」

「場所の推測はしているわけですね」

「ええ。それについては後ほど」

「わかりました。では、逸刀が草野家を襲う理由はどうでしょう。逸刀が草野家に関わる者を襲っている動きを見ていれば、強い憎悪を抱いているように感じます。何か心当たりはございますか？」

「さて、どうでしょうか」

波多は腕を組むと、視線を外して遠くを見るような眼をした。

しらばっくれるつもりだろうか。確かに、帳面に書いてあったことは御家の機密であるし、恥とも言える。

「門弥様を憎むような者に心当たりは？」

「思いつきませんね」

波多は即答した。特に考え込む風も無かった。

「では波多殿ご自身は、門弥様をどう思われているのでしょうか？」

「身命を賭して尽くすべき主君。それ以上の感情はありません。しかし、そんなことを訊くということは、どうやら殿は私のことを悪し様に言ったのですね」

「念の為です」

こちらの魂胆を見透かされ、肺腑を突かれるような心地だった。門弥も切れ者というが、この男も相当なものなのだろう。

「良いのですよ。私は殿にとって煙たい存在でしょう。先代のころよりの重臣でございますし、もし私が殿の立場であれば、同じように感じるでしょう」

そう言った波多の表情は、どこか「仕方のない奴だ」と言わんばかりに、出来の悪い我が子を愛でるようでもあった。

それをどこまで信じられるかはわからないが、求馬の直観は「君臣の間に亀裂は無い」と感じた。少なくとも、波多は門弥に対して悪い感情は抱いてはいない。

「ご質問はそれぐらいでしょうか？」

「いえ。では次は過去の話です。宝暦八年、明和七年、そして安永二年。その時期に、ご家中では何かあったと思いますが、どうでしょうか」

「殿が御家の内情について嗅ぎまわっていると言っていましたが、中々どうして侮れませんね」

「公儀の精鋭が複数名、ご領内を駆け回っておりますから。それも全て、ご家中をお救いする為にございます」

「ふむ」

波多は表情を変えることなく、ただ軽く溜息を吐いた。この男は、どこまでも感情を顔に出さない。

「だが、どれも過去のこと。宝暦八年に限っては二十年前ですね」

「辻神逸刀は三十から後半という証言があります。伊部京之介は、今だと四十一。その可能性が無くもありません」

「まぁ、その読みは正しくもありますが、その伊部京之介は現在、小河治部右衛門と名前を変え、とある大名家で撃剣師範をしておりますよ」

「消息を摑んでいるのですね」

「ええ、一応は。しかし、斬られた方の家は無嗣断絶。仇討ちする者もおらず、何より仕えた大名家が、葵の御紋でございますゆえ」

草野家は旗本の中でも交代寄合という、参勤を義務付けられた特別な家格。それでも相手が徳川一門であれば、それは黙らざるを得ない。

「しかも中々の待遇で召し抱えられていますので、当家のことなど眼中には無いでしょうね」

「では、他の二件は？」

その問いには、波多は首を振った。知らないということだろう。

「今はどこで何をしているのか、把握はしておりません。しかし、筧様はどうも過去に目を向け過ぎておりますな」

「過去に？」

「我々が今、殿を筆頭に何をしているのか、あなた様はご存じのはず。その件について、殿に質問をしたと聞きましたが」

求馬はハッとして、思わず振り向いていた。そうだ。門弥は今、改革の最中にいるのだ。

「ですが、波多様」

と、音若が口を開いた。

「草野様は、改革に反対している者は内にも外にもいないと申されやした」

「それは殿には見えぬだけでございましょう。そもそも、この土師に於いて殿に逆らえる者はおりませんからね。しかし、人の気持ちはそうはいきません。殿は英邁なお人ですが、この世の事象が全て算術のように、割り切れると思っておられるのです」

「どうも含みのある言い方ですね」

「実のところ、私はあなた方の来訪を心待ちにしておりました。あなた方に、諸悪の根を断つ、きっかけを作って欲しいのです」

そう言い切った波多の言葉は、初めて己の感情らしい熱を帯びていた。

4

「中平一族をご存知でしょうか？」

波多が切り出した言葉に、求馬は首を捻った。

「土師一帯に強い力を持つ豪農です。代々この辺りを支配していた国人領主の家臣筋で、戦国の御世の終焉と共に帰農したものの、その時代からの権威を有したまま現在に至っております。しかも、影響力は御家の領地全体に及び、領内の村落十ヶ村を統括している大庄屋を代々務めているだけでなく、広大な土地を所有しております」

「百姓衆の顔役のようなものでしょうか？」

「左様。何せ農政に於いては、中平の当主にお伺いを立てなければならないほどでございますからね。その機嫌を損ねれば、領内の百姓全員の機嫌を損ねたのと同意。かつては中平一族の為に、腹を切った者もいたとか」

そこで波多は言葉を区切り、茶に手を伸ばした。

「そして、当代の茂左衛門は抜群の才覚と、強い野心の持ち主。彼の代で身代は随分と大きくなり、また潰れ百姓の土地を買い集めているだけでなく、生活に困窮した武士に金を貸すことで、家中への影響力を持とうとしております」

「では、その中平一族というのが諸悪の根源だと？」

「あくまでも、我々武士の視点ではございますが。勿論、我々もそんな中平一族の権勢を利用し、円滑な支配をしてきたことは事実でございますが」

「ご当家にとって脅威であることはわかりますが、それと今回の件とどのような関係があるのでしょうか」

「それは殿が推し進める、改革と繋がります」

ここで波多が、改革の中身をかいつまんで説明した。

門弥の政策は大きく二つ。下諏訪から鴨生屋を土師に招聘し、財政改革に参画させること。そして領内各所に学問所を設置し、優秀な人材を育てて家人に登用すること。財政と人事の改革が、大きな柱だと説明した。

「そうした改革に、茂左衛門という男は反対しているのでしょうか？」

「いいえ全く。この件は勝手向きのことゆえ、一々確認はしておりませぬが、反対であれば早々にこの耳に届くはず」

「では、どうして諸悪の根源と断じるのですか？」

「農政に於いて、中平一族の了承と協力が必要な以上、彼らの利にならぬ改革は不可能。百姓は御家の礎。米が我らの財産でございますれば、彼らがいれば思うような政事が出来ません」

「では、その中平一族を潰すおつもりなのですね」

「この改革、最終的に行きつくところは中平一族の解体。まずは財政を立て直し、中平一族への依存を脱する。更に百姓への教育を草野家が施すことで、中平一族と百姓たちの主従関係に楔(くさび)を打ちます。中平一族がいる限り、領地経営の健全化など不可能。そして、それが殿の真の狙いでもあります」

確かに話だけ聞けば、草野家の支配が正常に機能していないことは明らかだ。現状では、土師の領主が二人いるようなものである。しかも中平一族は、幕府開闢(かいびゃく)以前より、この地に住み着いていた有力な豪族。百姓たちからの支持も大きいはずだ。

「しかも殿は、家督を継ぐ前から茂左衛門の存在を苦々しく思っておられました。幼少の頃より、茂左衛門にいい様に扱われるお父上を見ていたからでしょう。『苗字帯刀を許されているとは言え、とどのつまり百姓である。どうして、我々が気を遣わねばならん』とまで言う有様で」

「お話では、ご当家が中平一族を潰したい理由にしか聞こえませんが」

「そうですね。しかし、この真の狙いが茂左衛門に漏れていたとしたら？　もし、筧様が茂左衛門であればどうしますか？」

そう問われ、すぐに門弥に談判し話し合う、という答えが浮かんだ。しかし、それは違う。青二才の考えだ。

もし茂左衛門が、俺ではなく執行外記であればどうするか。去年、茉名と立ち向かった陰謀に当てはめれば、答えはすぐに出た。

「草野様を狙います。改革を頓挫させる為に」

「左様。ですが、殿の警護は厳重。ゆえに、茂左衛門はもうひと捻りをして、家人を悉く斬り、草野家の面目を潰すことで改易させる手に出たのだと、私は推察しております」

「つまり茂左衛門が、辻神逸刀を指嗾させている黒幕というわけですね」

波多が頷いた。しかし、ひっかかることがある。求馬は、その疑問を素直にぶつけた。

「一連の辻斬りが、茂左衛門の陰謀だと裏付けるような証拠はございますか？」

「ございません」

波多は、さも平然と言ってのけた。

「しかし、状況的に怪しいと思われる証拠はございます」

と、波多が「誰か、例の物を」と叫んだ。

現れたのは波多の家人で、筒状に巻いた絵図を手にしていた。

「まずは、これをご覧ください」

それは土師一帯、草野家三千五百石の領地が描かれたものであるが、ただの絵図ではなく、朱墨で○や×の字が記されている。

「これは辻神逸刀が目撃された場所と、辻斬りが起きた現場を記したものです。○は目撃場所、×は犯行場所。しかも、この○の印がある場所は、いずれも焚火をした痕跡がございました」

「焚火ですか。野宿をしているのでしょうね」

「そうだと思います」

犯行場所は領内全域に広がっていて偏りは無いが、○は領内の西端、山が連なる部分に集中している。すぐに領外に逃げる為であろうか。もし自分が逸刀であれば、同じような手を打つ。

「複数名の猟師から、怪しげな浪人が野宿をしているとの報告がございましてな。尋常ならざる雰囲気を纏わせていると、皆が口を揃えて申しておりました」

「その怪しげな浪人が、逸刀だと」

「恐らく。また目撃場所の多くは、中平一族が所有する山林でございます。当然、ここまで絞り込んでいるので、我々も人を繰り出してはいますが、以前も申しましたように、少なければ返り討ち、多ければ逃げ出すという始末で」

それから波多は、山を下った先にある一つの村を指さした。

「ここは小野谷という集落ですが、この周囲では辻斬りが起きておりません。そして、小野谷の庄屋が茂左衛門なのですよ」

「確かに怪しくはありますが、あからさまという気もします……。音若さんはどう思いますか？」

求馬は、一緒になって絵図を覗き込んでいた音若に訊いた。

「へぇ。求馬様の仰る通りだと思いやすが、これが茂左衛門が黒幕という決定的な証拠にはなりやせんね」

「なので、その尻尾を摑んで欲しいのですよ。そして、その証拠を提供して欲しい」

「中平一族を潰す為の、肩棒を担げというわけですが」

今度は求馬が言った。

「有り体に言えば。もし我々が茂左衛門を探っていると知れば、何をしてくるかわかりません。当家や家人たちに貸した金子の返済を迫る、或いは百姓たちに一揆を煽動するやも。しかし、あなた方ならそれが可能だ。優秀な密偵を抱え、そして有無を言わせぬ公儀の御名がある」

「お断りいたします」

求馬は、特に迷いもせず即答した。

波多が言わんとするところはわかる。公儀御用役が探っているのであれば、茂左衛門も草野家に文句を言えない。草野家に言ったところで、「公儀がやっていること」と言い逃れが出来る。それでも求馬は承知しなかった。

「今回の役目は、辻神逸刀の捕縛、もしくは討伐。つまりは、辻斬りの凶刃を止めること。それ以上の命は受けておりません」

「ですが黒幕を野放しにしては、同じことの繰り返しになりますよ」

「勿論、辻神逸刀を追う上で知り得たものは、共有するつもりです。その上で協力を仰ぐこともあるでしょうし。しかし、中平潰しありきでは動きません。公儀御用役は、政争の道具ではありませんので」

求馬はそう言い切って頭を下げた。

草野家の言い分はわかった。しかし、それと同量の言い分が、中平一族にもあるだろう。それを聞かぬ限りは善悪の判断は出来ないし、たとえ聞いたとしても、その争いに介入する立場に自分はいない。そして、介入してもいけない。政争それ自体には、善悪は存在しないのだから。

俺の剣は、活人の剣であらねばならない。

5

翌日、求馬の足は小野谷へと向いていた。

中平茂左衛門に会う為である。その名前が出た以上、一度は話を聞かねばならないと思ったからだ。ただこれは、中平一族を潰す為ではない。あくまでも、逸刀を追う為である。

今回は求馬一人だった。音若は他の密偵たちと共に、逸刀の居場所を探っている。波多から見せてもらった絵図と、焚火という痕跡が大きな頼りになると踏んだそうだ。

しかも、今回はいつもとは違う。桃井が死んだことで、意知が凄腕（すごうで）の密偵を数人送り込んでいる。彼らが総力を挙げれば、逸刀に気付かれずに捕捉（ほそく）するのも可能であろう。

音若もそう確信はしていたが、求馬を一人で茂左衛門に会わせることには反対だった。

「茂左衛門は辻斬りの黒幕かもしれないのです。そうでなくとも、いつ逸刀の襲撃があるかわかない状況でございやすよ。一人で出歩くのは危険も危険」

だが、求馬はそれでも一人で構わないと言った。今は逸刀の居場所を探ることが先決であるし、何より相手から出てきてくれれば、それは勿怪の幸い。どちらにせよ、逸刀と立ち合わねばならないのだ。襲われる不利は承知の上であるが、その覚悟は出来ている。

陣屋町を出ると、すぐに田舎の長閑な風景になった。元々からして、土師は村から発展したものである。その周囲は、耕地と荒れ野が広がっていた。

(それにしても、際どい駆け引きだった)

求馬は、波多との面会を思い出した。今でも思い出しただけで、背中に冷たいものが流れる心地だった。

波多は公儀御用役を、政争の道具にしようとしていた。それだけは断固拒否したいところではあるが、それと同時に草野家に不興を買っては役目がやりにくくなる。

それでも求馬は、自分の信念を通した。折れてはならないものがあると思ったのだ。

だから、音若に「あれでようござんした」と言われた時は、内心で安堵したものだ。音若がどう思ったのか不安があったし、この選択の答え合わせが必要だった。

「時として公儀御用役は、重職に就かれるお歴々と交渉せねばなりやせん。求馬様も一つ一つ学ばれるとよろしいかと思いやすよ」

音若はそう言ったが、場数を踏めば慣れるものだろうか。この調子だと、ただでさえ小さな肝がどうにかなりそうだ。

今日も晴れていた。空は青々としていて、鳶が気持ちよさそうに上空を旋回している。遠くに見える里山の緑も、陽の光を浴びて輝いて見えた。

まだ夏には早いが、風は気持ち良い。まるで、光っているように思える。このまま陰鬱な役目など投げ出し、自由気儘に旅が出来ればと思うが、そうもいかないのが悲しいところだ。

小野谷へ続く野道の途中で、茶店の幟が目に入った。そこには〔蕎麦がき汁粉〕と記されている。

小県は蕎麦がきが名物と、音若が言っていた。この茶店では、その蕎麦がきを餅の代わりにして汁粉にしているのだろうか。

甘い物に目が無い求馬の足が、ふらりと茶店に向いた刹那、店の中から「よう」との声が飛んできた。

呑気な口調でありながら、無駄に透明感がある。聞き覚えのある美声に、求馬は嘆息して、首を横に振った。

「奇遇だねぇ、こんな場所で会うなんて」

迅之助である。蕎麦がき汁粉を食べていたのか、椀（わん）を片手に手を挙げている。

「奇遇も何も、あなたは俺を追っているんでしょうに」

「まぁ、いいじゃねぇか。どうだ？　お前さんも蕎麦がき汁粉を食えよ」

「結構です」

求馬は踵（きびす）を返し、その足を小野谷の方へ向けた。

「おいおい、待てよ。待てって」

迅之助が慌てて椀と銭を置いて、追いかけてくる。求馬は内心で舌打ちをした。

決して迅之助が嫌いなわけではない。吉隈では命を救ってくれただけでなく、うだうだと悩む俺の蒙（もう）を啓（ひら）いてくれた存在である。幾ら旭伝の愛弟子（まなでし）とはいえ、感謝はしている。してはいるが、苦手な男でもあった。

「それで、どこへ行くんだい？」

「どこだっていいでしょう。あなたには関係ありません」

「まぁ、そう言うなって。あれだろ？　この方角ってぇなら、小野谷か？」

いつの間にか、迅之助が隣を歩いていた。迅之助は背が高く、並ぶと求馬の頭は迅之助の肩までしか届かない。そして話す度に、上から覗き込まれる。迅之助には悪気は無いのだろうが、それが妙に気に障った。

「小野谷ぐれぇしかないもんな。あれかい？　辻神逸刀の一件だろ？」

「どうして、それを」

「そりゃ、土師にいれば辻神逸刀の噂なんざ嫌でも耳に入ってくるさ。そして、そんな土師に公儀御用役のお前がいるとなれば、導かれる答えは一つだな」

「そうでしょうけど」

「そういえばさ、辻神逸刀と会ったんだよね」

求馬は足を止め、迅之助の肩口を掴んだ。

「本当ですか？」

「ああ、嘘は言わんよ。だからさ」

迅之助が、ちらりと掴んだ求馬の手を一瞥する。求馬は「すみません」と手を引いた。

「ほんの数日前のことだ。それも小野谷から帰る途中だよ」

「どうして、あなたが小野谷に？」

「その話は追々。ちょうど土師が見えてきた辺りで、役人どもに呼び止められたんだよ。どうも俺が辻神逸刀だと勘違いしたようでね。困ったものさ」

「それで？」

「疑いは晴れて、役人と別れた直後だったな。木陰から逸刀が現れ、あっという間に斬り捨てやがった。俺も慌てて駆け付けて抜き合ったわけだが、結果は引き分けってところだな」

「仙波さんでも斬れなかったのですか」

迅之助の剣は、峻烈にして、苛烈。鬼眼流の、鷲塚旭伝を彷彿とさせる斬人剣である。その剣に分けたとあれば、やはり逸刀はただの辻斬りではない。

「すまん、引き分けは言い過ぎだった。見逃してもらった、と言った方が正確だろう。ありゃ、旭伝先生に勝るとも劣らないもんがある。あのまま続けていたら、今頃俺は閻魔庁で生前の悪行を悔いているところだろうさ」

「まさか、それほどとは……」

「お前も難儀な敵を抱えたもんだな。あいつは」

と、迅之助が肩を叩き、求馬に歩くように促した。いつの間にか迅之助が前を歩き、求馬が後を追う恰好になっている。

「で、お前は俺に小野谷にいたのか？　と訊いたな」

「ええ」

「あそこには、俺と同門の奴がいるんだよ。どうも、徳前屋庄兵衛と中平茂左衛門が繋がっているようでなぁ。それで、前にお前の道場で言ったろ？　徳前屋がお前を斬るように頼みに来たって」

求馬は頷いた。

「それで俺に断られた後、徳前屋は由良信丸っていう、俺の同門に殺しを依頼したわけよ。信丸は旭伝先生の弟子ってより、従者だった男でね。孤児だった信丸を、先生は拾って育てたんだ。信丸にとって、先生は単なる剣の師匠ではない。父とも呼べるし、それ以上の崇拝の対象なんだよ。奴の名前も剣も命も、先生が与えたものだからな。そこまで言えば、お前だってわかるだろ？」

「是が非でも、俺を斬るつもりなんですね」

「その通り。一応、俺と信丸は鬼眼流の双璧とか言われていたが、そんなことはない。俺の剣は、板張りの上のお稽古剣術。奴は人を斬る為に生まれたような男。そうした意味では逸刀と同類であり、お前とは真逆だな」

「つまり、俺は今から刺客の懐に跳び込もうというわけですね」

「そういうこと」

まったく面倒な事態になったものだ。ようやく逸刀に近付こうとしているというのに、ここに来て庄兵衛の刺客。自分が含んだ因果であるが、敵を前後に構える事態になってしまっている。

しかし、これは私事だ。公儀御用役の役目とは関係が無い。まずは、逸刀に集中するべきだ。

「だから、俺が一緒に行ってやるよ。俺がいれば、信丸も迂闊に手を出せんだろうし、仮に茂左衛門の屋敷に刺客がいたとしても、俺とお前なら何とかなるだろ」

「待ってください。仙波さんだって危険かもしれないのに、どうしてそんなことを。仮にも、俺はあなたの師匠を」

「そういう流れ、というものさ。俺は雲みたいなもんで、風が吹くまま流れるままにしか動けねぇんだよ。お前に協力するのも、そんな風が吹いているとしか言えんね」

「なんですか、それは」

「ただ信丸を止めることは不可能だ。いずれお前は立ち合うこととなる。その時は、鷲塚旭伝と筧三蔵の子が立ち合うに相応しい場を用意してやるよ」

そう言うと、迅之助はけらけらと可笑しそうに笑い声を挙げた。

これだ。この男は、いつもこれなのだ。だから、どうにも嫌いになれない。気に障る男であるが、それでも迅之助の存在が心強くもあり、その心遣いには感謝しかない。

6

嫌な男だった。

派手な着物に、汗まみれの肥えた身体。そして、こちらを値踏みするかのような、狡猾(こうかつ)な視線。この男が自らを中平茂左衛門と名乗ったが、それがにわかに信じられないほど、目の前に座った男は胡散臭(うさんくさ)い空気を漂わせていた。

小野谷にある、村外れの百姓家。求馬たちが庄屋(しょうや)屋敷を訪ねると、どういうわけか、屋敷から離れた、この場所に案内されたのだ。

そして求馬と迅之助が並んで座り、囲炉裏を挟んだ向こう側に茂左衛門が座している。

(堅気(カタギ)には見えないな)

かと言って、やくざ者にも見えない。表と裏の顔を巧妙に使い分けているのだろう。最近は堅気でもやくざでもない連中が増えているという。

実際に庄兵衛と繋がっているのだから、後ろめたいことの一つや二つはあるのかもしれない。

（これは案外、波多殿が言ったように、辻斬りの黒幕かもしれない）

そうした疑念に拍車を掛けたのは、茂左衛門が伴った二人の浪人たちだ。

今は茂左衛門のやや後方で控えているが、どちらも目に険があり、風体も荒々しく、その上に禍々しい邪気のようなものを放っている。

それは、これまで対峙してきた悪党たちに似たもので、「気を決して抜くな」と求馬の本能が囁いた。

（だが、思い込みは禁物）

幾ら見た目が胡散臭いと言っても、陰謀を巡らす草野家も似たようなもの。真実を見誤らないように、公平な判断を心掛けねばならない。

「申し訳ございません。ご公儀のお役人様を、こんな場所にご案内して」

まずは茂左衛門がそう頭を下げた。余程暑いのだろうか、顔には大粒の汗を浮かべていて、それが茂左衛門の謝罪に必死さを与えている。

「構いません。私は話が聞ければ場所など、どこでも」

「いやはや。わたくしの屋敷では不都合がございまして」

「信丸だろ？」

間髪を容れずに、迅之助が口を挟んだ。

「何を仰るのですか、仙波様」

「いや、いいんだ。筧は全て承知している。お前と徳前屋との関係もな」

茂左衛門の薄ら笑みが、一瞬で真顔に変わった。その変化に反応してか、後ろに控えていた浪人たちが膝立ちになる。ただ茂左衛門は、後ろ目に「やめなさい」と一声で止めた。どうやら、それなりの格はあるようだ。

「おいおい、心配はいらねぇって。お前が公儀の役人を斬ってまで、徳前屋に味方をするような阿呆とは思っていねぇし、こいつだってあんたのことを御上に報告するような奴じゃない。なぁ、筧？」

求馬は返事の代わりに、溜息を吐いた。他に言い様があるだろうに。ただ、求馬は茂左衛門に向かって「その通りです」と答えた。

「徳前屋との因果は、私個人が含んだもの。公儀が関わることではありません」

そう応えると、迅之助が得意げに「なっ」と鼻を鳴らした。

「ただね、この場に信丸がいられちゃ困る。あんたが抱えている男は、この筧を殺したくてうずうずしている。それは、あんただって知っているはずだ」

暫く考えた後、茂左衛門は二重顎を横に揺らした。

「確かに筧様のお名前はお伺いしておりましたが、わたくしは徳前屋さんに客人を一人預かってくれと頼まれただけでございまして。徳前屋さんとの関係も、そこまで深いわけでは」

「いや、いいんだ。今回はその件について咎め立てに来たわけじゃねぇんだし。ただ、仮にこの村で筧が襲われてもみろ？　あんたが辻斬りの黒幕にされちゃうかもしれないよ」

茂左衛門が、「それは怖い」と苦笑しつつ膝を叩いた。

「ですが、ご懸念は無用でございますよ。由良様は屋敷の奥におりますし、滅多に外出はされません。こうして、屋敷から離れた場所にご案内したのも、その為でございます」

「あんたが、筧の事情を承知であれば、俺からは何もいうことはないさ。では、ここから本題に入ろう」

と、迅之助が求馬を一瞥した。代われという意味であろう。迅之助の喋りによって、茂左衛門の出鼻を挫いている。話しやすいように、お膳立てをしてくれたのだろう。

（案外、交渉事に強い男なのかもしれないな）

この男は望むと望まざるとにかかわらず、輪の中心になってしまう才能の持ち主。これは意図したことかわからないが、自分の調子に相手と場の雰囲気を引き込むことで、その不思議な魅力を活かしている。

「茂左衛門殿、今日こうして面会を願ったのは、辻神逸刀の件です」

「ああ、やはりその一件ですか」

茂左衛門の表情は変わらない。分厚い瞼に圧し潰された両眼を、求馬にじっと向けている。

「辻斬りについての噂は、茂左衛門殿の耳に入ってきていると思います。そこで、何かご存知ではないかと」

「さて……、どうでございましょうか。確かに、百姓の間でも大層な話題になっております。しかし襲われているのは、草野家のご家中や関わりのある者ばかり。わたくしども百姓にとっては、特に思い当たる節は」

「なるほど。ですが一部の間では、黒幕は茂左衛門殿ではないか？　との声が挙がっております。私はそうは思いませんが、これについては如何でしょうか」

「ほほう。黒幕がわたくしだと」

茂左衛門が、芝居のように大仰に驚いてみせた。わざとらしいがゆえに、それが何とも嘘っぽい。

「一体、どなたがお疑いなのでしょうか。ご家人衆か、波多様か。或い(ある)は門弥様でしょうかね」

「それはお答え出来ません。しかし、あなたは大きな力をお持ちです。そうした人間は得てして疑われやすいもの」

「だとしても、わたくしがどうして？　そんなことをしても何の得もございません」

「本当にそう思いますか？」

「草野家あっての、中平でございますよ。わたくしどもが、こうして豊かさを享受しているのも、草野家がしっかりと統治をしてきたからでございます。感謝こそすれ、恨む筋合いなどありえません」

「しかし、門弥様は従来の草野家を変えようとしています。今まで、あなたが豊かさを享受することが出来ていた仕組みを改めるかもしれません」

「筧様は、顔に似合わず意地悪な物言いをされますな。それではまるで、わたくしが長門様を蔑ろ(ないがし)にして財を蓄えたように聞こえますよ」

「それは申し訳ございません。しかし、政事（まつりごと）を改めようとしているのは事実。それについてはどうお考えなのでしょうか？」

「どうと言われましても。門弥様のご改革は、財政と人事。勝手向きを改めつつ、賢臣を育成する仕組みを作る。英明な門弥様らしい、素晴らしい策かと思います」

「では茂左衛門殿は、改革に反対ではないのですね？」

「反対する立場にはございませんし、反対する理由もございません。草野家の勝手向きが厳しいことは存じております。それゆえに、わたくしども中平は幾らかの融資をいたしておりますが、それが改善されるというのであれば、これほど喜ばしいことはございません。それに、何をするにもまずは人。しかも学問所の門戸を百姓にまで開いてくれるというのです。これほど素晴らしいことはございません」

「そうですか」

　これが茂左衛門の本心なのかどうか、自分にはわからない。しかし、これ以上の追及は難しいであろうし、場の雰囲気を悪くするだけで、意味が無いような気がする。

　他にも幾つかの質問をしたが、茂左衛門の口から目新しい情報は得られなかった。

「筧様、わたくしと一つ取引をいたしませんか？」

話も終わろうかという頃合いで、茂左衛門が居住まいを正して切り出した。

求馬は迅之助と目配せをして、深く頷く。

「内容次第ではございますが」

「わたくしに、辻神逸刀を誘い出す妙案がございます。もし、わたくしの狙いが当たっていれば、奴は向こうから出向いてくるはずでございます」

「見返りは？」

「わたくしを見逃すこと。あなたは、わたくしと徳前屋との関係を公儀には報告しないと申しておりましたが、それだけではどうにも心許ない。なので、取引をしたいのですよ。わたくしから妙案を得る代わりに、あなたはわたくしを見逃す。どうでしょうか？」

求馬はそこまで考えずに、「いいでしょう」と答えた。別に取引をせずとも、茂左衛門のことを意知に報告するつもりは無かった。だが茂左衛門としては、取引をして何らかの利害関係にならなければ、悪党という者は安心しないのだろう。どちらにせよ、こちらに元手がかかる取引ではないし、その妙案が今は必要だった。

茂左衛門は、まず浪人二人を外に出し、三人になったところで口を開いた。

「では、取引は成立ということで……。まず前提として申し上げますが、恐らく辻神逸刀は、神隠しで行方知れずとなった、草野善助でございます」

＊　＊　＊

そこで知らされたのは、驚愕の事実。そんな安っぽい言葉がぴったりな、驚くべき真相であった。

今から三十年ほど前の春。小野谷の庄屋屋敷に、一人の浪人が逗留していた。

その男は、小幡平八という名前の浪人で、方々で剣を指南する小野派一刀流の剣客だった。

その小幡がふらっと村を出て行き、その日の夕暮れ時にどういうわけか、二つか三つの幼い男児を一人抱えて戻ってきたという。

茂左衛門が男児の素性と訊くと、「殺されそうになっていたので、わしが助けて拾ってきた」と答えた。

小幡によれば、川の傍で昼寝をしていると、子どもを川に沈めようとする武士を見掛けたので、咄嗟に駆け付けて救い出したということだった。

それが草野善助ということは、すぐにわかった。草野家の陣屋は、善助の姿が消えたことで、蜂の巣をつついたような騒ぎになっていたのだ。

「奴ら、必死に探しているようだが、本当のところは違う。わしが叩きのめした武士から聞き出した話で、どうもこの坊主は先妻の子で、後妻が我が子を跡継ぎにしたいが為に、殺そうと家人に命じたらしい」

そう言って、小幡は善助を育てると言い出した。その理由を問うと、「この子が背負った宿命が、哀れでならんのでな。ならば、わしはこの子に宿命に抗えるだけの、力を与えようと思う。その力で立身出世を目指すのもよし。或いは、自分を殺そうとした草野家に復讐するのもよし」と答え、更には男児を両手に抱えつつ「これよりは、わしの息子よ。善助など、忌まわしい名前は捨ててしまえ。これよりお前は善之亟だ」とも言い、その日の夜に小野谷から姿を消した。

「それから小幡という人は？」

「あの日以降は一切姿を現さず……」

「一度もですか？」

「そもそも小幡殿は、わたくしの父の知人でしてね。我が屋敷に逗留していたのも、父の死を知って駆け付けたからで。わたくし自身、その素性をあまり知らぬお人でございました」

「しかし、三十年前のことをよく覚えておられますね」

「わたくしは、日記が趣味なのでございます。十五の時より、一日も欠かさず記しておりましてね。辻斬り(つじぎ)の一件を耳にした時、わたしは『まさか』と思い読み返したのです」

「わかりました。それで茂左衛門殿、逸刀を誘い出す妙案というのは？」

「奴に向けて、高札を出すのでございます。日時を定め、相手にしてやるから立ち合えと。草野長門様と奥方様の名義で。当然立ち合うのは、代理でも構わないでしょう。長門様も歳でございますからね」

「それは」

「わたくしは、辻神逸刀の話を聞いた時、『ああ、いよいよやってきたか』と思いましたよ。小幡殿が与えた力を、復讐に使うと決めたのだと。ならば、最終的な目標は二人であるはず」

　この一計が、有効かどうかわからないが、試してみる価値はあるように思える。

　ただ問題は、草野側だ。この高札を勝手にやっては差し障りがある。だからと言って、許可など下りるとも思えない。そこは思案のしどころである。

「茂左衛門殿。取引と申されたが、こちらの方が多く貰(もら)い過ぎているかもしれません」

求馬が改めて頭を下げると、茂左衛門が扇子を取り出し、汗だくの顔を仰ぎながら一笑した。

「なんのなんの。こちらは命が掛かっているのですからな。あっ、わたくしが神隠しの真相を知っていることは、内緒でございますよ」

「当然です」

言えるわけがない。もし、このことが草野家に漏れれば、中平潰しの口実にされてしまう。

＊　＊　＊

「筧求馬」

不意に名前を呼ばれたのは、迅之助や茂左衛門と共に百姓家を出た時だった。

振り向くと、やや離れたところに若い男が立っていた。

色白の美男子。遠目にもそれがわかるが、その眼光には美しい顔立ちにそぐわない、剝き出しの邪悪さが宿っていた。

「しまった」

迅之助だった。それで求馬は、この男が由良信丸であることを悟った。

「振り向いたな、貴様」

信丸は抜刀し、駆け出していた。求馬は、咄嗟に大宰帥経平に手を掛ける。しかし、それよりも先に抜いたのは迅之助だった。

刀を正眼に構え、求馬を庇(かば)うように構えると、信丸が足を止めた。

「仙波さん、言ったはずですよ。邪魔をするようであれば、あなたを斬ると」

「ああ、確かにお前は言っていたな。だがな、お前は俺だけでなく筧の相手もしなきゃならねぇ。それと、茂左衛門の用心棒もな」

浪人二人は、茂左衛門を背後にして、いつでも抜ける体勢を取っていた。

「つまり、あなたは旭伝先生への恩を忘れ、筧求馬の側についたのですね」

「お前が諦(あきら)めてくれるなら、俺はそれでもいいさ。でも、お前は諦めねぇだろう?」

「勿論(もちろん)です」

「なら、ちゃんと場所は俺が整えてやる。だから、今はやめとけ。茂左衛門も、ここで筧を斬られちゃ困るって言っているぜ?」

迅之助が、茂左衛門を一瞥(いちべつ)する。すると、茂左衛門は大きな肥満体を振るわせて、必死に「おやめなさい」と訴えている。

「そう。お前が筧を襲えば、茂左衛門が辻斬り事件の黒幕として裁かれる。そしてお前は下手人として追われる。まぁ、お前のことだ。そんなこと構わねぇんだろうが、それでも今は勘弁してくれ」

信丸の射貫くような視線が、全身に突き刺さる。これほどまでの、激しい敵意と憎悪を向けられるのは初めてだ。

「由良殿」

求馬は、一歩前に出て声を掛けた。

「鷲塚旭伝殿を斬ったのは、確かに俺です。だから、その業は背負っていますし、あなたが仇討ちを望むのであれば、義務として受けて立ちます。しかし、今はいけない」

信丸の返事は無い。こちらと口を利くつもりは無いという意思表示か。

「そういうことだ。お前も先生を斬った筧求馬とは、万全の状態で立ち合いたいだろう？　だから、今は堪えてくれ」

信丸は憎々しげに求馬を睨みつつ、「一度だけだ」と言って踵を返した。

7

求馬は翌日、音若を含む公儀の密偵たちを、晏祥院の自室に召集した。

五名。音若によれば、あと二名いるというが、今は逸刀を見失わないように、張り付いてくれている。

彼らの尽力で、逸刀の居所は突き止めていた。闇夜に映える、焚火(たきび)の灯りが目印になったようだ。

今は北西の山奥に洞穴があり、そこで生活しているという。絵図を見るに、上田(うえだ)藩と領地を接したぎりぎりの場所。何かあれば、すぐにでも上田藩へ逃げ込めるようにしているのだろう。そして、その場所は茂左衛門の私有地ではなく、草野家が所有している土地であった。

「このまま逸刀を急襲する手もございやすが、あまりお勧めはいたしやせん」

音若が言った。

「それはどうして?」

「今まで草野家が、そうやって失敗してきやしたからね。逸刀の棲(す)む山奥は、奴の庭みたいなもんで。逆にこちらが襲われる恐れがございやす。言わば、地の利というものが、相手にあるんでございます。だからとて、大勢で乗り込めば、姿をくらますでしょう」

それは、これまでに繰り返されてきた失敗でもある。逸刀の領分で襲われては、勝ち目がない。相手は凄腕(すごうで)の人斬り。こちらが襲うか、或(あるい)いは五分と五分の場に誘い出す必要がある。

(やはり、あの手しかないな)

一通りの報告を聞いた求馬は、逸刀が善助である可能性が高いこと。そして、誘い出す為の妙案を披露した。

密偵たちは、それを表情ひとつ変えずに聞き入っている。そうなると、妙に不安になってしまう。少しでも反応があれば安心するが、音若を含め全員が何も言おうとしない。

「この策であれば、逸刀を五分の場に誘い出せるかもしれません。茂左衛門にどんな思惑があるかわかりませんが、試してみる価値はある」

「しかし、求馬様。この提案を草野家が受け入れるとは思いやせん。いくらなんでも無理がございやしょう」

「確かに、長門様や奥方様の命を危険に晒すことになります。しかも、高札で御家の恥を晒すことにも」

　求馬はそう言って、腕を組んだ。ここは思案のしどころではある。茂左衛門の提案そのままでは、門弥が受け入れるとは思えない。ならば、どうするのか。

「やりようはございますよ」

　そう言ったのは、左眼が白濁した、乞食の老爺だった。老爺は、見覚えのある歯抜けの口をぽかりと開けていた。

「まず草野長門と奥方は、影武者を立てればよろしゅうございましょう。相手は実の子とは言え、全くの他人として育ったのです。長門の顔など、知らぬはずでございます」

「確かに」

「また読むかどうかわからぬ高札よりも、逸刀に直接果たし状を渡せばよろしいかと。こちらは相手の居場所を摑んでいるのでございますから。当然、その役はわたくしめが」

「ですが危険ではないでしょうか？　遠くから見張るのと、実際に接触するのとでは、わけが違います」

「危険など、承知でございますよ。ですが、こちらは桃井様や仲間の密偵を殺られているのでございます。生半可な覚悟で申してはおりません」

老爺の鋭い視線が、求馬に向けられた。長年、闇で生きてきた老忍の覚悟である。否とは言えない。

「あなたの名は？」

求馬が静かに訊くと、老爺は「長元坊」と短く答えた。

長元坊といえば、「キーキー」と甲高い声で鳴く猛禽のことだろうか。

「では長元坊さんに任せますが、必ず音若さんや他の者も伴ってください」

と、求馬は音若に目を向けると、意を察したかのように深く頷いている。

「大勢でいけば、逸刀に勘づかれてしまいます。やはり、わたくし一人で」

「公儀の密偵である、あなた方の腕を信じています。それに、長元坊さんを一人で行かせるぐらいなら、あなたの申し出は認めません」

長元坊は「参ったものです」と、顔を伏せて苦笑した。

「筧様は、考えが甘い青二才と聞いておりましたが、中々どうして……」

「ええ、俺は甘いですよ。でも誰かを犠牲にして成り立つような策なんて、俺は御免です。それで青二才と呼ばれるなら、大いに結構。誰も死なせないし、死なせたくもない。それが、俺の考えです」

求馬は、全員を睥睨した。五人の密偵たちが、求馬を見据えている。そして、平伏する長元坊に続いて、全員が頭を下げた。

＊　＊　＊

「私は賛成ですね」

門弥の反応は、予想に反して好意的だった。

土師陣屋の奥屋敷の一間。話が話だけに、人払いをした部屋で、求馬は門弥と波多、そして隠居をした長門、その妻である暢子の四人と対していた。

目の前の上座には、門弥と長門が並び、右手前には暢子、そして脇には波多が控えている。

求馬は、逸刀が善助であること、そして理由はわからないが、草野家を激しく憎んでいることだけを伝え、神隠しの真相については伏せていた。敢えて知っていると伝えることでもないし、嘘でも知らないことにしていた方が色々と巻き込まれずに済むと、音若に言われたのだ。

「どうせ、今まで何をしても、逸刀に辿り着けなかったのだ。今回は初めて見えた光明。やるだけやって、駄目ならまた考えればいい」

求馬の提案に、門弥は頷いて見せた。それを確認した求馬は、長門と暢子に視線を移した。

「しかし、本当に辻神逸刀が善助なのだろうか」

長門が、そう言って頭を振った。

怜悧な印象を持つ門弥とは違って、どこか気弱で影の薄い印象がある。門弥は長門を「何事にも熱心な性質ではなく、人畜無害のような人」と評し、また茂左衛門も長門がこのような調子だったからこそ、中平一族の財力を飛躍させられたのだろう。

（それにしても……）

長門の表情から伝わる、覇気と自信の無さは、まるで三十年後の自分を見ているかのようで嫌になる。

「偽りに決まっております。この者の話を信じられるものですか」

長門を嗾けるように、暢子が金切り声を挙げた。顔の部位が全て吊り上がったような暢子の顔を見るに、どうやら門弥は母親似なのだろう。

その暢子は、老中首座・松平武元の従妹である。音若によれば、一度さる高家旗本に嫁したそうだが、死別して長門に再嫁した経緯があるらしい。

血筋を辿れば水戸徳川家にも通じる名門の生まれで、それゆえに気位が高く、若い頃は些細なことで癇癪を起こしていたという。そうした気性が、善助を神隠しに遭わせたのだろう。どう考えても、暢子は先妻の子を嫡男として認めそうな気質とは思えないのだ。

「しかも、その噂話の出処を明かせないのでしょう？　門弥どの、この話を信じてはなりませんよ」

長門には噛け、門弥には哀切で情に訴える。何とも巧妙で、上手い立ち回りだ。

「母上、私は頭から信じておりませんよ。ですが、試す価値はあると申しているのです」

「門弥どの」

暢子は更に言い募ろうとしたが、それを門弥は片手を挙げることで止めた。

「さて、君は逸刀に果たし状を突き付けて誘き出すと言ったね」

「ええ。何度も申し上げますが、そこに長門様と暢子様のお名前を使うことになりますが」

「それは構わない。そして、そこに私の名前も併記するといい。逸刀の目的が、当主の座である可能性もあるかもしれぬからな」

「わかりました。波多殿からは、何かございますか？」

求馬は、やや下がって控える波多に話を振った。この男は、ここまでの間ずっと黙っていて、求馬が案を明かした時も、然したる反応は見せなかった。

「果し合いは、筧様がされるのでございますね？」

「勿論です。公儀御用役の役目でございますので」

「万が一の場合は、どうお考えでしょうか？」

「周囲に潜ませた私の密偵たちが、逸刀を襲う手筈になっております。それに、介添え役は、とんでもない凄腕に頼んでおります。もし私が倒れたら、きっとその者が逸刀を断ってくれるでしょう」

そう言ったものの、介添え役に関してははったりだった。あの男に頼もうとは思っているが、引き受けてくれるかわからないし、まだ伝えてもいない。しかし騒ぎがあれば、首を挟まずにはいられない性分の持ち主。きっと引き受けてはくれるに違いない。

「当家の家人たちは必要ないということですかな？」

「目立っては、逸刀は現れない可能性がございます。少なくとも、見えない位置にいなければなりません」

波多はそれ以上、何か言うことはなかった。とりあえず、確認したというところであろう。

「しかし、兄上が生きていたとは」

門弥は、脇息に身を委(ゆだ)ねつつ言った。

「神隠しに遭ったこと、表向きは病死で届け出たことは知っていたが。それで、求馬よ。君は兄上が神隠しに遭った経緯を知っているのかね？」

その問いに、求馬はゆっくりと首を振った。

「ふふ。まぁ、そういうことにしておこう。武家には色々と探られたくはない腹があるものでな」

低い声で笑った門弥を、暢子が「門弥どの」と窘(たしな)めるように言った。

「あなたは、何ということを言うのです。それではまるで」

「『私たちが、神隠しをしたかのようではありませんか』ですかね、母上」

今度は長門が「言い過ぎだぞ、門弥」と怒鳴った。確かに親へ向ける言い様ではないが、求馬が口を挟むことでもない。

「神隠しの真相なんて、私は知りませんよ。興味も無い。ですが私は別に、家督を継ぐことなど望んではいなかった。次男坊には、次男坊の生き方がございますからね。兄上の家来でも、良かった。むしろ、誰かさんが変な悋気を起こしたせいで、いらぬ苦労をしているのです。そして、家人たちも死ぬことはなかった」

　その一言に、暢子は眩暈を起こしたように身をよろけさせ、長門が慌てて駆け寄り、その身体を支えた。

「お前という奴は、母親に向かって何ということを。十内、何ぞ言わぬか」

　長門が吼えたが、波多は軽く目を伏せただけだった。かつては長門の側近だった男も、今は門弥の懐刀。むしろ、今の主君の方が頼もしく、面白いと思っているのかもしれない。

「求馬よ。君は父と母の役を誰ぞに任せると言っていたな」

「はい。影武者を立てたいと思っております。お二人に何かあってはいけませんから」

「その役であるが」

　と、門弥は身を寄せ合う夫婦を一瞥し、「父上と母上に任せたいと、私は考えている」と告げた。

すると、長門と暢子がこの世の終わりかのように喚（わめ）いている。だが門弥は、そんな二人に目もくれずに、腰を上げた。

「これは父上と母上が、勝手に始めた物語です。あなた方が狂わせた男の人生は、自らの手で始末をおつけください」

8

焚火（たきび）のコツは、風の通り道を作ってやることだ。

風がどこから入って、どこへ抜けるのか。それを考えて薪（まき）を組むと、火は簡単に燃え上がる。

小幡善之亟は手頃な枝を手に取り、その先で薪の間隔を少し広めた。そうして出来た隙間から、火が噴き出した。薪と薪を密着させないことも肝要である。

夜。日中は汗ばむ陽気が続いているが、陽が暮れると吹く風に鋭い冷たさが混じる。春と言えど、夜気にはまだ冬の名残りがあるのだ。特にここは、標高が高い山中である。

「お前は、本当に火を熾（おこ）すのが上手い。それが活計（たつき）になればいいんだがのう」

燃え盛る火を眺めながら、善之亟は父の言葉を思い出した。

(焚火が商売になるのなら、いらぬ苦労もしなかったろうな)

善之亟は自嘲し、持っていた瓢の酒を呷った。

焚火のやり方は、父が仕込んでくれたものだった。薪の組み方、選び方。他にも釣りや狩猟、食べられる野草を見分ける術。そして剣術。たった一人でも生き残る為の全てを、父が与えてくれたと言っても過言ではない。

そんな父とは、旅ばかりしていた。主に西国を渡り歩き、道場破りや用心棒をして日銭を稼いだ。時には、人も斬った。殺しの仕事というやつだ。

銭があれば旅籠に泊まるし、土地の顔役の世話になることもある。しかし、旅の大半は野宿。だから焚火をしていると、父の顔を思い出すのだ。火に照らされて浮かび上がる、団子鼻の父の顔を。

父は、火を囲んで様々な話をしてくれた。生まれた故郷のこと。旅の途中で見聞きしたこと。そして、土地の伝承。

父は自分の経験を面白おかしく話してくれたが、どうして故郷を追われたのか？は、ついぞ語ることは無かった。

いつも二人だった。旅に他人を加えることはない。二人ぼっちの世界。そんな父が、出生の秘密を告げたのは、十二になる歳の晩秋だった。

あれも焚火の前でのことだ。竹の中に酒を注ぎ、火で温めていたのでよく覚えている。

「善之亟という名は、わしが適当に考えたものでな。本当の名は草野善助といい、父親は交代寄合のお旗本だったのだ。継母に殺されそうになったところを、わしが偶然にも通りがかり助けてやったのよ」

その告白に、衝撃が無かったと言えば嘘になる。ずっと、自分は小幡平八の子だと思って育ってきたのだ。それが急に、実子ではないと聞かされ、受け入れられるはずもなかった。

しかし父は、落ち込む自分を見てもどこ吹く風で、「十二になったら、お前に明かそうと決めていた」と続けた。

「お前が、草野家に復讐するならそれもいいさ。その為に、お前に剣を仕込んでいるのだからな」

父はそう言って笑っていた。ただ、その後に「だがよ、草野家に復讐をするのなら、わしが死んでからにしてくれ。わしが生きている間は、善助ではなく善之亟でいて欲しい」と付け加えたことで、善之亟の心は幾らか軽くなった。

「善之亟でいてくれ」

それが嬉しかった。

血の繋がりが何だというのだ。心で繋がっていれば、それはもう親子ではないか。

その父が死んだのは、善之亟が十八の時だった。今から十四年も前。酒毒に犯され、次第に動けなくなった父は、江戸の巣鴨にある、小さな寺に身を寄せていた。

そこで父を、善之亟は看取った。桶いっぱいに吐血し、苦しんだ末に最後は「殺せ」と哀願してきた。死にたくなるほど苦しかったのだろう。しかしそれだけは、どうしても出来なかった。

程なく善之亟の前に、益屋と名乗る商人が現れた。その商人は父と昵懇だったらしく、「死後の世話を任された」と告げた。

益屋の下でやらされたのは、人殺しだった。益屋は銭で人を斬る始末屋の元締めだったらしく、火熾しで銭を稼げない以上、自分に残された売り物は剣の腕しかなかった。

これまでに、何度か人を殺したことはあった。相手は賊や破落戸などで、自衛の為の人斬りだった。しかし、始末屋は違った。善悪という規範は、そこには無い。標的となった人間を、密かに追い、静かに殺す。誰かを守る為でも、自分が生き残る為でもない。ただ銭の為だ。しかし、それが狩猟のようで気が付けば夢中になっていた。

江戸の暗い世界には仕事は無限にあって、報酬も十分な額を得た。その頃には深川に住処を構え、女を囲い、野宿をすることも無くなっていた。

二十五になる頃、善之亟は渇きを覚えていた。生活が満ち足りたものと感じた時、どうしても手に入れられないものへの渇望が生まれたのだ。

欲しかったのは、自由だった。青い空の下、父に手を引かれていた、あの頃のように旅をしたかった。

「善之亟、このまま真っ直ぐ進むのもいいが、森を突き抜ける、あの小径を通る方が面白そうだと思わんか？」

父は、時々そう言って知らない道を選ぶ。結果、行き止まりになって引き返したり、或いは元の場所に戻ったり、はたまた山賊の根城に迷い込んだりと散々な目にも遭ったが、最後は二人して大いに笑ったものだ。

そこには自由があった。自らの進む道を選ぶ自由が。

そして己が、江戸という籠に飼われた哀れな小鳥だと確信した時、善之亟は江戸を棄てた。

世話になった益屋には、何も言わなかった。言えば止めるであろうし、殺されても不思議ではない。事実、益屋の手に余った始末屋を、善之亟が斬ったこともある。必ずや、何らかの制裁があるとは覚悟していた。

だがそんなことよりも、旅がしたかった。江戸に戻るつもりはないし、刺客など返り討ちにすればいい。江戸には、もう居たくなかったのだ。

父との思い出に浸るように、西へ西へと旅をした。特に九州では長い時間を過ごし、小倉や博多や長崎では刺客に襲われもしたが、何とか生き延びることができた。

そして三十を目の前にした時、善之亟はその足を東へと向けた。

「お前が、草野家に復讐するならそれもいいさ。その為に、お前に剣を仕込んでいるのだからな」

その父の言葉を、思い出したのだ。

父は「復讐はわしが死んでからにしてくれ」とも言っていたが、その父は既に亡い。草野家に対して、復讐したいほど憎む気持ちは無いが、父が残した言葉である。そして、この剣は復讐の為に与えられたもの。ならば、それに従う以外に自分の道は無い。

やり方は深く考えなかった。ただ名前は、辻神逸刀と変えた。

大切な記憶と共にある、小幡善之亟という名前だけは使いたくはなかった。だから とて、草野善助とは絶対に名乗りたくはない。ゆえに善之亟は、少し前に斬り殺した浪人の名前を拝借することにした。

土師に入った善之亟は、手あたり次第に斬った。まずは家人衆。最近では御用商や岡っ引きなども襲うようになった。それは単に、家人の数が減ったからだ。

当然ながら、草野家も無策ではない。時折大人数を繰り出すこともあり、その都度に領外へ逃げ、暫くしてまた舞い戻る。追われつつも襲う。狙われつつも襲う。それが何とも愉快だった。

（さて、これをどう締めくくろうか）

薪を足しながら、善之亟は軽い溜息を吐いた。

最近は、よくそれを考える。草野家への復讐を、どこで終わらせるか？　を。計画的に始めたものではなかった。だから、終わりなど考えてもなかったのだ。ただ何となく、気が済むまで斬ろうというぐらいにしか考えていなかった。

（何事もけじめは大切だと、父は言っていたが……）

ならば、どうするか？　実父である長門を斬るのか？　我が子の為に殺害を指示した暢子を斬るのか？　兄に代わって当主となった門弥を斬るのか？　或いは全員か？

（いや、そこまでする必要は無いかもしれん）

別に草野家を潰そうとか、自分が当主になりたいとか、殺そうとした両親が憎いとか、草野家に対する憎悪や執着は微塵も無い。だから、これを復讐と呼んでいいかもわからない。父の言葉に従っただけの、言いつけだと思って、やっていることだ。

（しかし、そう呑気に構えてもいられない）

あれは四日ほど前、襲った家人が死に際に「公儀がお前を追っている」と言っていた。更には、ここ数日妙な気配を覚えている。

何者かが追っているとも、見張っているとも思わせる、言葉では形容しがたい不快な視線を感じてならないのだ。だからか、寝付きも悪い。

（公儀が抱える、優秀な忍びでも出張ったか）

多少の討っ手なら返り討ちにすればいいと考えるが、相手が公儀となるとそうはいかない。人生に目標など無く、明日の為に今日を生きてはいない身であるが、進んで死のうとは思わない。特に草野家などという、どうでもいい存在の為に命を捨てるなどまっぴらだ。

（やはり、俺は旅がしたい）

そうだ。旅がいいのだ。父に手を引かれていた、あの頃のように。

移ろいゆく季節の中に身を預け、自由を謳歌したい。そうすれば、死んだ父を近くに感じられる。

だから、辻斬りも終わりだ。もう十分だろう。言いつけは、ちゃんと守った。

「誰だ？」

何者かの気配を覚え、善之亟は闇に向かって吼えた。

これまでの、得体の知れない視線ではない。今回は明確な気配だった。そこにいると、存在がわかるほどに。

善之亟は闇を見据えつつ、無銘の刀を引き寄せた。

返事は無い。ただ、風の音が鳴る。しかし、暫くして草木が揺れて、「暫く」との言葉が帰ってきた。

「わたくしどもは、剣すらまともに触れぬ走狗でございますれば、斬るのはご勘弁を」

声の主は闇の中。姿は、その輪郭さえ見えない。

「草野家の者か？」

「公儀」

善之亟は膝立ちになり、無銘の柄に手を掛けた。

「危害を加えるつもりはございませぬ。わたくしどもは、あなた様に書状を届けに参ったまでで」

黒い影が二つ、闇から浮かび上がった。全身黒装束を纏った男たち。唯一剝き出しにされた、四つの眼だけが白い。

焚火を挟んでの対峙となった。二人からは、微塵の隙も見出せない。「剣すらまともに触れぬ走狗」と言っていたが、それは恐らく口だけ。気を抜けば、こちらが殺られる。

しかも、走狗は二匹だけでない。あと四匹、いや五匹ほどが潜んでいる。どうやら、気付かないうちに囲まれたようだ。

「書状？　人違いじゃねぇのか？　俺にそんなもんを送る知り合いはいねぇよ」

「……草野善助様でございますね」

その瞬間、善之亟の身体が跳ね、無銘が鞘走った。

この世で最も忌むべき名で呼ばれ、身体が勝手に動いたのだ。二人が、後方に跳び退く。斬った手応えは無かった。

「悍ましい剣をお使いになられますな」

「お前らも、只者じゃねぇだろ」

「いやぁ、躱すのも精一杯」

と、斬られた男が左腕を挙げた。手首から下が無い。そして、二人が控えていた場所には、左手だけが転がっていた。

手応えは感じなかったが、どうやら抜き打ちが届いていたようだ。だが男に動揺は無い。右手と口を使って、手際よく止血をしている。こうした事態に馴れているのだろう。

「わたくしは、長元坊と申しまして、これなるは百面の音若。公儀に銭で飼われた走狗でございます」

「それで、書状を届けにと言ったな。誰からだ？」

すると、音若と紹介された男が「草野長門様」と短く答えた。

「詳しくは、ここに」

と、音若が懐から書状を取り出した。それを見て善之亟は、溜息を吐くと視線をやや逸らした。

「……読んでくれよ。俺、字がわからねぇんだ」

父から手習いを仕込まれたが、全くと言っていいほど頭に入らなかった。

文字の羅列を目で追っていると、それが模様に思えてきて、更には踊り出したかのように歪んで気分が悪くなるのだ。また〔いろは〕の文字を一つずつ覚えようとしても、その文字をどんな声で表現していいのかもわからない。

手習いや寺小屋の師匠に預けられたこともあったが、その師匠全員が「この子はふざけているのです。そもそも、学ぼうという気が無い」と匙を投げる始末。

別にふざけているわけではない。父が与えてくれた折角の機会である。真面目に学ぶつもりだったが、どうしても駄目だった。結局父は「まぁ、読み書きが出来ずとも生きてはいけるさ」と諦めてしまった。

確かに文字を読めなくても生きてはいける。しかし、それで苦労をしたのも事実。だからとて、手習いを諦めた父を恨んではいない。これは自分の生まれ持った資質。続けていても、どうせ諦めていた。

「……左様でございますか。かしこまりやした。ならば、あっしが代わりに……」

音若が読みだしたのは、果たし状だった。

まずは善助への仕打ちを詫びつつ、これが復讐であるならば、立ち合いにて勝負を決する。ただ長門は高齢であり、門弥も剣には疎いということで、立ち合いには代理を立てると、音若が語った。

　自分を謀殺しようとしたことを、素直に認めていたことには驚いた。「そんなつもりではない」「あれは間違いだ」など泣き落としで来るのなら、この二人をまずは血祭に挙げようかとも思ったが、ここまで正々堂々とした果たし状というのは、何とも痛快で面白い。

「復讐か。草野長門は、俺を復讐だと言ったのだな」

「……違うのでございやすか？」

　善之亟は、鼻を鳴らして「それで、代理は？」と、話を変えた。動機については、誰にも話すつもりはない。

「深妙流、筧求馬さまでございやす」

「深妙流か……」

「ご存知なので？」

「深妙流には、剣鬼と呼ばれる男がいると聞いたことがある」

「求馬様は、そのご子息でございます」

　善之亟は、思わず笑っていた。

　筧三蔵と言えば、江戸の剣術界では、名の知れた剣客だった。その逸話は、父からも聞かされたことがある。

「一度だけ立ち合ったことがあるが、散々に打ち据えられてのう。江戸には、こんなにも強い男がいるのだと感心したものだ」

父が認めた男。その倅が相手。これは、いい機会かもしれない。ここで筧求馬を斬り、長門と暢子、そして門弥をも斬って終わらせる。そして俺は草野善助を真の意味で棄て、小幡善之亟に戻るのである。

「いいだろう。その立ち合いを受けて立つ」

「左様でございますか」

答えたのは、長元坊だった。

「それで、日時と場所は？」

「二日後、九郎原不動尊、午ノ刻」

9

また、骸が見つかったと報告が入ったのは、逸刀との立ち合いを前日に向かえた日の朝だった。

いつものように、粥と塩辛い漬物だけの朝餉を摂っていると、波多の下で働く家人が報せてきてくれたのだ。

場所は千手川の傍。地名で言えば、芥田という場所らしい。小野谷とは、そう離れていない場所にある。

求馬たちが到着すると、家人たちの輪の中に迅之助の姿もあった。

「どうして、あなたが」

「俺かい？　そりゃ、これよ」

と持っていた竿を軽く叩いた。釣りの帰りということだろう。

「それに、俺は明日お前の介添えをするんでな。この一件はもう部外者じゃねぇからよ」

迅之助には、音若を通して介添え役を頼んでいた。そして、万が一のことも頼むと、「求馬に義理を嚙ませるいい機会だ」と二つ返事で引き受けてくれていた。

「それより、見てくれよ」

と、川の傍で寝かせられていた、骸の筵を捲った。

女だった。その年頃は、二十歳前後。長い旅を感じさせる粗末な旅装束を纏っていて、骸の傍には使い込まれた三味線と杖が並べられている。

「瞽女だな。この辺りの村々を回っていたという話だ。なぁ？」

迅之助が家人たちに目を向けると、一同は頷いて応えた。

瞽女とは、目の光を失った女性たちが、各地を回って芸を披露する旅芸人のことだ。ただ多くの場合は複数名で巡業するのに対し、この女は一人。恐らく仲間内の戒律を破ったことで追放された、〔はなれ瞽女〕というものだろう。

求馬はしゃがむと、一度手を合わせたのちに、瞽女の身体を改めた。

背中から、下から上へ斬り上げられている。さらに、心の臓を一突き。恐らく、背後から抜き打ちを放ち、その後に止めを刺したのだろう。

「切り口に迷いが無い。殺しに馴れている奴だ」

迅之助の耳打ちに、求馬は頷いた。

「でも、これは逸刀の仕業じゃないですね。恐らくですが」

「やはり、そう思うか？」

「ええ。今までの被害者は、身分を問わず全員が男でした。しかも、何らかの形で草野家とも繋がっています。しかし、この人は」

「確かにな。この恰好を見るに、草野家に出入りしている瞽女というわけでもあるまい」

「それに、逸刀に動きがあれば報せがあるはずです」

求馬がそう言うと、後ろで控えていた音若が「へぇ」と答えた。

「今は複数名で逸刀を見張っておりやす。昨夜の報告では、焚火(たきび)の前でずっと座っていたようでございやすね」

逸刀の監視には、音若と長元坊を除く五名の密偵をつけている。音若は求馬の傍についていて、長元坊は逸刀に左手を落とされ、その傷の治療を受けている。

長元坊の負傷を耳にした時、怒りで血が沸いた。使者を斬るなど言語道断である。ただ長元坊に使者の役目を託したのは自分。音若が「悪いのは逸刀であって、求馬様じゃございやせん」と言ってくれたが、それでも罪悪感は強い。

「そうなると、土師に辻斬り(つじぎ)がもう一人迷い込んだことになる……」

迅之助はそこまで言うと、ハッとした表情を浮かべ求馬の着物を摑(つか)み、「ちょっと来い」と家人たちから離れた、川べりへと連れて行った。

不審に思った家人たちが、後を追おうとしたが、そこに音若が割り込み、何か言って引き離している。

「あの音若って男、優秀だねぇ。頭の回転ってやつが早い」

「音若さんには、いつも助けてもらっています。そんなことより、どうしたんですか急に」

「いや、家人どもに聞かれちゃまずいんだが。瞽女を殺した奴、恐らく由良信丸だ」

「由良……あの」

脳裏に、怒髪天を衝くような形相で自分を睨みつけていた、あの信丸の表情が浮かび上がった。

「蓮台寺にいた頃、奴が夜な夜な辻斬りをしているという噂があった。俺は一度訊いたことがあったが、肯定も否定もしなかった」

「どうして、そんな真似を」

「知らねぇよ。だが、そういう病気なんだろうな。人を斬らなきゃ気が済まないような。それに奴は旭伝先生に深く傾倒していて、剣は人を斬って磨くものとも思っている」

「そんな者を、あなたは野放しに」

「おいおい。俺は奴の親でも子守りでもねぇんだ。それに、噂だって言ったろ。ちゃんとした証拠を押さえているわけでもない」

「ですが……。ならば、今から小野谷へ」

「やめとけ」

迅之助が即答した。

「止めはしねぇが、この状況で動けば中平一族は終わりだろうな。きっと、逸刀の黒幕として潰され、お前の胸には苦いものだけが残る」

「しかし、このまま野放しにも出来ません」

「昨日の今日だ。暫くは斬らんさ。もし奴が手あたり次第に襲うような奴なら、あの女のような被害者がもっと出ていただろうよ」

そんな奴が、この世にいるのか。人を斬らなければ、気が済まないというような、悪鬼のような奴が。

「どうせ遅かれ早かれ、奴はお前を狙ってくるはず。それよりも、明日のことだ。今日は俺が小野谷へ行き、信丸を見張っといてやるから、お前は辻斬りを始末する方策でも考えていろよ」

「辻神逸刀ですね」

「あの男は強い。恐らく俺や信丸よりも」

そして、自分よりも強い。それはわかっている。わかっていてもなお、この立ち合いは勝たなければならない。

＊＊＊

その夜は、早めに床に就いた。

しかし緊張からか、一向に眠気は訪れない。何度も寝がえりをして、それでいて今は、日暮れ前から降り出した雨音に耳を傾けつつ、見慣れた天井を眺めている。

（明日、俺は死ぬかもしれない）

そんなことを、どうしても考えてしまう。また例の怖気の虫だ。そういう性分だと諦めたら楽にもなるだろうが、多くの命を背負ってしまった以上、そんなことは許されない。

勝たねばならない。勝って逸刀を捕らえ、江戸に生きて帰る。それが今回の使命だ。

しかし、逸刀は強い。音若と迅之助から話を聞いたが、揃いも揃って、凄まじい人斬りと評している。迅之助に至っては、旭伝に勝るとも劣らないとまで言っていた。

旭伝ほどの使い手であれば、自分に勝ち目があるのかどうか、全くわからない。

旭伝に勝てたのは、鎖帷子を着込んだお陰と運が良かったからだ。

（辻神逸刀、一体どんな男なのだろうか……）

逸刀については、わからないところが多い。特に辻斬りを繰り返す動機も、単なる復讐ではないのでは？　と、これまでの見解に疑問を抱いていたようだ。

「復讐にしては、怒りを感じないのでございやす。そんな素振りもございやせんでした。ただ、草野善助と呼ばれることには、極度の嫌悪感をいだいているようで。長元坊が斬られやしたのも、その名前で呼んだからでございやす」

この反応を見るに、逸刀が善助であることには間違いない。刀を抜いてしまうほど、善助と呼ばれるのを嫌うのが、その証拠である。

だが否定するところを見ると、逸刀が草野家の跡目を狙っての凶行ではないことはわかる。自らが嫡男として、その正当性を訴えたいのなら、草野善助という名前を誇示するはず。

（つまり、逸刀はもはや善助ではないものになっているのだ）

そして善助でないもの、に深い愛着を抱いている。だから、善助と呼ばれることを嫌う。

では、どうして草野家を襲うのか？　やはり、復讐だろうか。善助とは別物になり、その上で復讐を果たす。それもあり得ないことではない。

(いや、もう考えるのはよそう)

理由はどうあれ、明日は立ち合うのだ。

一人の剣客として、逸刀に挑む。そして、勝つ。たとえ殺めることになろうとも、その業は背負う。

逸刀が何を背負っているにしろ、多くの罪なき者を斬った男には違いなく、これからも多くの命を奪っていくであろう。その凶刃を止める為にも、逸刀を斃さねばならない。

(そして、絶対に生きて戻る)

生き残らねば、この剣で弱きを救えない。世直しも出来ない。他人を活かし、己も生きる。それこそが活人の剣だと、求馬は悟ったのだ。

雨は、まだ降っている。その雨脚は次第に強まっていて、戸板を激しく叩いている。

しかし音若によれば、明日は晴れるのだという。忍びの秘術の中には、気象を読む術もあるらしい。だが今のところ、それが的中する気配は無かった。

「勝つのだ、俺は」

そんな雨音を聴きながら、求馬は一人呟いてみた。

絶対に勝つ。でなければ、茉名には会えない。

求馬は、茉名が持つ猫のような目と、気高さすら覚えるツンとした表情を思い出した。

今は蓮台寺の執権として、日々孤軍奮闘をしているという。その茉名と約束したのだ。「また会おう」と。

だから、こんなところでは死ねない。だから、勝つ。土師の為にも。自分の為にも。

10

翌日には、雨は上がっていた。

まだ上空には重い雲が残っていて、多少の雨気を感じさせてはいるが、翌日は晴れるという音若の読み通りになったようだ。

風が吹いてくる西の方角に目をやると、重苦しい雲は切れ、青い空を覗かせている。この調子では、もう雨が降ることはあるまい。

土師から、南に下ったところにある、未開墾の荒れ野。そこが、九郎原だった。

この場所を指定したのは、門弥自身だ。

「ここならば、誰にも邪魔されることはなく、思う存分に暴れられようからな」

と、その理由を明かした。求馬としては場所にこだわりはないが、領民が巻き添えにならない場所であれば、それにこしたことはない。

求馬が音若と共に九郎原に到着した時には、草野家の家紋たる六つ日足が染め抜かれた陣幕が張られ、その中で門弥を始め長門と暢子、そして波多や重臣たちが集まっていた。

「やっと来たか」

そう言ったのは、草野家のお歴々の中に混じった、仙波迅之助だった。元々は蓮台寺藩の上士の家柄。重臣に混じっていっても、違和感は無い。

「すみません、準備に手間取ってしまって」

「準備ってなぁ。何だ、お前また鎖を着込んだのか？」

求馬は旭伝との立ち合いを揶揄(やゆ)している迅之助を無視して、床几(しょうぎ)に腰掛けた門弥に目を向けた。一方の迅之助は、肩を竦(すく)めてみせる。

「辻神逸刀は、この先の不動尊で待っているそうだ」

「待たせ過ぎましたかね」

「宮本武蔵は、巌流島で佐々木小次郎をわざと待たせたという。これも兵法というものだ」

門弥はそう言うと、腰を上げた。

「父上母上、それでは行きましょうか。このまま、逸刀の顔を見ずに終わるなど許されません」

「お前、それでは斬られるかもしれんぞ」

長門が目をひん剝いて抗弁し、暢子は恐怖からか、身を震わせつつ首を振った。

「だから、何だと言うのですか。父上、私たちは武士なのですよ。それに母上はともかく、父上にとっては血の繋がった我が子です。母を止められなかった愚かさの結果を直視し、全てに決着をつけましょう」

門弥には、有無を言わさぬ迫力があった。しかも周囲は波多の他、門弥だけに従っている家人が取り囲み、無言の圧を掛けている。これには長門も、従う他に術は無い。かつて有していた権力や威厳は、既に失われているのだと、部外者である求馬から見ても明らかだった。

長門は渋々といった風に立ち上がると、求馬が「門弥様」と呼びかけた。

「ここから先もご一緒するのは構いませんが、決して草野善助と呼ばないようにしてください」

「ほう、それはどうして？」

「恐らく、逸刀は善助であることを拒絶しています。善助ではない、辻神逸刀であることに誇りを抱いているのでしょう。そして、それを証明する為に凶刃を振るっている。これは私の憶測に過ぎませんが、それだけは忘れぬよう」

「何とも面白い奴だ。流れる血は否定出来ぬというのに」

求馬は、音若と波多、そして迅之助に守られた草野親子を引き連れて、陣幕を出た。

九郎原は、腰ほどの草が生い茂る広大な荒れ野だった。人家もなければ、耕作地もない。どこまでも、乾いた土地が続いている。

「ここを開墾さえ出来れば、当家の勝手向きがどれほど楽になるか」

歩きつつ、門弥がぽつりと漏らした。

「江戸詰めの家人に、阿蘭陀流(おらんだりゅう)の町見術(ちょうけんじゅつ)に長(た)けた人材を探させているが、中々に見つからんようだ」

「……左様でございますね」

返事をしたのは波多だった。そこには決闘を控えている今、そんな話をする門弥に、呆れている語調であった。

だが一方の門弥はどこ吹く風だ。「水だ。水さえ引ける術があれば、この地は豊かになるのだ」と言っている。これには、あの迅之助も苦笑いだ。

もうこの男の眼は、決闘の後に向いているのだろう。ここで死ぬことを考えていない。この決闘も、こなすべき作業、儀礼の一つとでも思っているのだ。

草野家が含んだ因果の清算を自分に肩代わりさせ、当の本人はその先を見ている。それは支配者として必要な素質かもしれないが、そんな門弥よりも、肩を落として俯いている長門の方に好感を持てるから不思議だった。

九郎原のほぼ中央に、古びた不動尊祠がある。古過ぎて土地の者も、どうして荒れ野の真ん中に建てられたのかもわからない、その祠が決闘の場所だった。

その祠が見えてきた辺りで、求馬たちは呼び止められた。

「お待ちしておりました」

そう言ったのは、草むらの間から姿を現した長元坊だった。相変わらずの乞食姿であるが、左手にはきつく晒が巻かれていて、僅かに血が滲んでいる。

それを目にして、求馬は頭を下げた。

「長元坊さん、すみません。俺が頼んだばっかりに」
「頭をお上げください。そもそも、この策を言い出したのはわたくしでございます
し、左手を失ったのは、己の未熟さゆえ。筧様は何も悪くはございません」
「ですが……」
すると長元坊の白濁した眼が、若干穏やかな光を放った。それは、この老爺が見
せた、初めての人間らしい表情だったかもしれない。
「ならば、桃井様とこの左手の仇をお討ちください。あの者に勝って」
と、長元坊の視線の先、不動尊祠の傍に浪人がぽつねんと佇んでいた。
煮しめたような襤褸を纏い、如何にも貧乏浪人風であるその男は、凶悪な辻斬り
とは思えぬ、冴えない風貌だった。
(俺も他人のことは言えぬが……)
この男も中々のものだ。堂々たる体躯の旭伝や、颯爽とした迅之助、或いは幽鬼
が如き信丸とも違って見劣りがする。
胡桃のような、丸くて小さい眼。それだけなら、つぶらな瞳と愛嬌もあるだろう
が、逸刀は眼だけでなく鼻も口も小さく、額が異様に広い。それでいて、その顔は
ねっとりとした脂で光っている。

また縮れた毛を無理に纏めて髷を結ってはいるものの、これが上手く決まっていない。今にも元結が弾け飛びそうである。

総じて、逸刀の顔は幼く見えるのだ。歳は門弥の兄なのだから三十前半だろうが、どうにも風格に欠け、それが冴えない風貌の原因なのだろう。

（だが、人は見てくれではない）

強そうに見えないと侮り、敗れた者を数多く見て来たではないか。しかも、相手は辻神逸刀。腕前と見てくれは別物だと、この男が証明してくれている。

「遅かったな、筧求馬」

逸刀は、門弥でも長門でもなく、求馬を見据えて言った。

その眼中には、草野親子は入ってはいない。求馬は、長門たちが逸刀の視界に入った瞬間に斬りかかるのでは？　と危惧していただけに、「どうして俺なのだ？」という疑問と、不意を突かれたような呼びかけに、求馬は返す言葉に詰まってしまった。

「顔に出すなよ。動揺が見えてんぞ」

そう言って、逸刀がけらけらと笑う。もう立ち合いは始まっているのだ。相手の調子に呑まれてはならない。

「お前、深妙流なんだって？　剣鬼と呼ばれた男の話はよく耳にしていたよ。泰平の世にあって、実に荒々しい剣を使う野郎がいると」

「それは俺の父です。血は繋がっておりませんが」

求馬は心気を整えるように息を吐き、そして言った。

「ほほう、これは奇遇だねぇ。お前も実の親に捨てられた口か？」

「養子です。武家ではよくあることですよ」

「同じじゃねぇか。必要ねぇから、他家に出されたんだ。まぁ命を狙われねぇだけ、マシってもんか」

逸刀が鼻を鳴らして、長門を一瞥した。

その長門は逸刀を直視出来ないでいるが、よくよく見れば二人は似ている。どちらも、風采が上がらないのだ。やはり逸刀は善助、長門の子である。

一方の門弥は、逸刀を見据えていた。

「辻神逸刀」

その門弥が声を掛けた。逸刀が、視線を門弥へと移す。

「お前が、どうして我が家中の士を襲うのか、それを今更知りたいとも、訊こうとも思わぬ。私にとって、お前の存在などどうでもいい」

「おいおい、随分な言い草だな」

「だから死ね。お前が死ねば、多少は土師の為になろう」

門弥が唾棄するが如くに吐き捨て、逸刀に背を向けた。面通しは済んだというこ
とだろう。その後を、長門がとぼとぼと続く。

「俺の剣は、養父に与えられたもんでな。お前も同じだろう？」

逸刀の問いに、求馬が頷く。

「因果なもんだ。お互い実の父ではなく、育ててくれた恩人に与えられたもんで殺
し合うんだからよ」

その言葉に、求馬は何も答えなかった。ただ、「準備をしますので、暫く」と告
げて、ゆっくりと門弥たちが待っているところまで退いた。

「頼んだぞ」

門弥が言うと、求馬は用意した紐で襷掛けに袖を絞りつつ、「任せてください」

と答えた。

緊張はあった。恐怖が無いと言えば嘘になる。だからとて、逃げればあの頃のま
ま。恐怖に呑まれず、上手く操る。それが肝要だ。

求馬は、大きく息を吸った。それでも、緊張からか、呼吸を整えているつもりが、

知らず知らず荒れてきている。

こうした真剣での決闘は、求馬にとって初めてのことなのだ。

旭伝とは一対一で立ち合ったが、それは乱戦の末でのことで、無我夢中だった。

その他の戦いも偶発的、或いは集団で相対したものばかりで、事前に示し合わせての決闘は、これまでに一度も無い。

(だが、それも乗り越えるべき俺の壁だ)

そう頭を切り替えた求馬の前に、迅之助が進み出た。

「どうしたよ、寛。今にも泣き出しそうな顔をしているぜ」

「元々こんな顔ですよ。でも……」

と、そこまで言った求馬が「もし俺が」と続けようとした時、衝撃が右頰を襲った。迅之助が、平手打ちを放ったのだ。

そして、迅之助がにぃっと笑む。あのいつもの、そして癪(しゃく)に障る笑みだ。

「痛いですよ。気でも失ったら、どうするつもりなんですか」

「だが、良い面(ツラ)になったぜ」

ああ、自分でもそう思う。平手打ちの痛みと衝撃が、求馬の妄念を吹き飛ばしてくれた。

「さぁ、行ってこい」

求馬は頷くと、ただ一人きりで待っている逸刀へ眼を向けた。

＊　＊　＊

逸刀と向き合うと、ほぼ同時に刀を抜いた。

お互いに正眼だった。求馬は相手の力量を測ることはせず、その正眼の切っ先をゆっくりと落とした。

柄の握りも、添えただけのような甘いもの。そして、全身の力を抜いて、ゆっくりと長く息を吐く。それが尽きると、半眼で逸刀を見据えた。

風待ちの構え。

手の内を隠すなど、そんな余裕はない。最初から全力でいかなければ、あっという間に斬られてしまう。

お互いの距離は四歩ほどだろうか。互いに視線を逸らさずに、じりじりと距離を詰めていく。

聞こえるのは、乾いた荒れ野に吹く、風の音。そして、どこぞの草むらに潜んでいるであろう、青鵐の甲高い地鳴き。

人の声は無い。音若も迅之助も長元坊も、そして草野親子も固唾を飲んで見守っていることが伝わる。

三歩の距離。こうして向き合うだけで、息苦しくなる。旭伝とは別種の、邪悪さの塊のような圧が、容赦なく圧し潰そうとしてくるのだ。

求馬はその圧に抗うこともせず、ただ風を待った。自然体で、受け流す。必死に足掻いた方が、ずるずると呑み込まれそうな気がする。

二歩の距離。お互いの刃が、そろそろ届く。だが、まだ逸刀の風は吹かない。

待つ。それしかない。相手の風を感じ、それを躱して断つという颯の太刀は、待ちの剣なのだ。相手が動いてこそ、成立する秘奥。

どれだけの時が経っただろうか。流石に、求馬の肩が微かに上下していた。

やはり、逸刀の圧は尋常なものではない。抗うまいと思った自分が間違いだったのかもしれない。

一方の逸刀に、目立った変化はない。ただ、丸い眼をこちらに向けている。多少、苦しんでいる表情の一つでもみせてくれれば、こちらとて希望が持てるというのに、逸刀は何も変わらない。

風。そして光。この二つを感じた時には、左肩を冷たい刃の感触が襲っていた。

突きだった。軽く掠めただけで済んだのは、偶然の産物であろう。言うなれば、運が良かった。太刀筋を見極めていたわけでもない。ただ風を感じ、本能のままに避けただけだ。

再びの対峙となった。

逸刀は正眼から構えを移し、その刀を右肩で担ぐように立てた。雄々しい構え。これで勝負を決めるつもりだ、と言わんばかりだ。

そして逸刀は、地摺りの足運びで右へ右へと移動し、その動きに求馬も合わせたので、結果円を描くように、立ち位置が入れ替わった。

求馬は、風待ちの構えのまま、もう一度息を吐いた。

ありのままに風を感じ、そして動く。ただそれだけのこと。しかし問題は、逸刀の斬撃が風よりも迅い場合。風を感じる前に、斬られてしまうこともあり得る。

逸刀が、刀を担いだまま、腰をぐいっと落とした。

斬り込んでくる。その予感は十分にあった。あとは、どう出てくるか。

逸刀の足が力み、地面を踏みしめる音が聞えた瞬間、暴風と共に突貫してきた。

求馬も前に出る。逸刀の振り下ろす斬撃と、求馬の振り上げる斬撃。

交錯。それは互いに空を切ったが、求馬はそのまま身体を逸刀にぶつけた。大宰帥経平の柄頭（つかがしら）で、逸刀の胸を叩（たた）く。逸刀も自らの柄頭を、懐に入り込んだ求馬の顔面に振り下ろす。

血の味が、口に広がったが、構わずに押す。自然、鍔（つば）迫（ぜ）り合いへと転じていた。逸刀の小さな眼が、これでもかと言わんばかりに、見開かれている。それはまるで、怒りに燃える不動明王の玉眼のようだ。

力で押し合う。膂力（りょりょく）勝負では、分が悪い。長く続けば、必ず負ける。その前に、動く必要があった。

求馬は腰を落として踏ん張り、全身の力で押し返した。逸刀がよろめく。その隙に、後方へ跳んだ。

すぐさま風待ちの構えを取る。逸刀がよろめく足を踏み止め、その反動を利用して前に跳んだ。

風。斬撃。求馬は身を翻し、渾身（こんしん）の力で大宰帥経平を振り下ろした。

血飛沫（ちしぶき）が上がった。求馬の斬撃が、逸刀の左の肩口を斬り下ろし、左腕が根本からぼとりと落ちた。

「糞（くそ）ったれが……」

逸刀が、喘ぐように言った。立っているのがやっと、という感じである。

「ここまでです、辻神逸刀」

「それ、俺ん名前じゃ……ねぇよ」

求馬は咄嗟に草野善助という名前が浮かんだが、それはこの男の名前ではない。

この男は一貫して――。

「小幡善之亟」

すると逸刀は、軽く笑った。

逸刀、いや善之亟の顔は、どこか童のように安らかになり、求馬はその首を刎ねた。

＊　＊　＊

迅之助の膝が震えていた。

いや、全身が瘧のように震えている。

それほどに、求馬と逸刀の立ち合いは凄まじいものだった。

逸刀の剣をどう躱し、求馬がどう斬ったのか。正確には捉えきれなかった。

やはり、求馬は違う。持っているものが、根本から違うのだと思わざるを得ない。

その剣で旭伝を葬ったのも頷ける。

その求馬は、首を刎ねた恰好のままで立ち尽くしていた。

「お見事」

その静寂を破ったのは、波多だった。

波多は一気に駆け出し、求馬の脇をすり抜けると、逸刀の懐を改めた。

「むむ」

と、何やら大仰な声を上げ、血に汚れた書状を取り出した。

「殿、大変でございます。辻神逸刀が中平茂左衛門からの書状を携えておりましたぞ」

波多は門弥の場所まで駆け戻り、その書状を差し出した。

「何とも由々しきこと。まさか、辻神逸刀の背後に中平茂左衛門がいたとは。父上、急ぎ陣屋に戻り、協議せねばなりませんぞ」

その下手な芝居のようなやり取りに、迅之助は思わず吹き出していた。

（そういうことかよ）

恐らく、その書状は波多が用意したもの。逸刀の懐をまさぐりつつ潜ませ、そしてわざとらしく、発見した風を装ったのだ。

謀事だ。糞ったれの謀事。思えば、門弥は逸刀に「お前が死ねば、多少は土師の為になろう」と言っていた。土師の為とは、中平一族を潰すことだったのか。

草野親子と波多が駆け去っても、求馬は立ち尽くしていた。その背中は草野家の暴挙を止められず、無力感に泣いているようだ。

音若と長元坊が、そんな求馬に歩み寄ろうとした刹那、迅之助は猛烈な殺気を覚えた。

背の高い草の間から、すっと由良信丸が現れたのだ。

「筧求馬、先生の仇ぞ」

信丸が、そう叫んで刀を抜いた。

「やめろ」

迅之助は、求馬の代わりに吼えていた。

「信丸、やめるんだ。今のお前じゃ、こいつを斬れねぇ」

だが信丸は聞く耳も持たず、気勢を上げて斬りかかる。

迅之助も「糞ったれ」と、駆け出していた。求馬だけは動かない。

信丸は大上段の構え。迅之助は叫んだ。しかし、信丸には届かない。旭伝を彷彿とさせる、峻烈で残酷な斬撃が求馬に振り下ろされた。

求馬は、依然として立ったままだった。精魂尽き果て、動けないのだろう。

しかし、斃れたのは信丸だった。求馬は信丸の一刀を身を翻して躱し、信丸の胴を抜き払ったのだ。

だが、実際にそう動いたのかはわからない。求馬の動きが迅く、目では追えなかった。

「信丸」

地面にうっぷした信丸に、迅之助は駆け寄った。

そして身を抱える。腹を裂かれ、臓腑がこぼれ落ちている。この傷では。まず助からない。流れ出す血が、乾いた荒れ野を赤く染めるのを見ているしか出来ない。

「大馬鹿野郎が。これじゃ、無駄死にだ……」

だが信丸は何も答えず、最後まで求馬を憎々し気に睨みつけたまま、息絶えた。

「寛、お前って奴は」

「辻斬りでしょう、この男は」

求馬が、珍しく冷たく言い放った。これまで、こんな口振りをすることは、一度としてなかった。

「だが、こいつは俺の……」

「仕方ないじゃないですか。斬らないと、俺が死んでいましたよ」

「わかってる。そんなことは、わかっているさ」

求馬に対し、怒りを抱かないわけじゃない。だが、その感情は理不尽なものだと思う。少なくとも、求馬は自衛の剣を振るったまでで、信丸の凶刃から身を護(まも)る為には、斬るしかなかった。

「だけどな」

「俺が生き残る為には、斬るしかなかったんですよ」

求馬が、迅之助の言葉を遮った。

「斬るなと言うなら、俺はどうしたらよかったんですか？　斬られて死ねばよかったんですか？　教えてくださいよ。仙波さんなら、どうしましたか」

求馬が珍しく感情を爆発させた。ここまで激高する姿は、初めて見る。それがかえって、迅之助を冷静にさせた。

「悪かったよ。もう何も言わねぇ」

迅之助は信丸を寝かせると、ゆっくりと立ち上がった。

「……お前とは仲良くなれると思っていたが、師匠と兄弟弟子を続けざまに斬られたんじゃ、それも無理そうだ。でもな、不思議なぐらいに憎いとは感じん。ただ、勝ちたいとは思う。鬼眼流の剣士として、お前に」

そう言って踵(きびす)を返すと、求馬が膝から崩れ落ち、呻(うめ)き声を上げて蹲(うずくま)るのが見えた。歩き出す。すれ違うようにして、音若と長元坊が求馬に駆け寄っていく。

（お前には仲間がいるだけ、いいじゃねぇか）

友と呼べる存在がいれば、最後の最後で引き留めてくれる。救いの手を差し伸べてくれる。そして、立ち直ることが出来るのだ。

しかし、信丸も逸刀も独りだった。独りであると疑いもしなかったから、復讐(ふくしゅう)を止められなかった。そして、揃いも揃って求馬に斬られた。

（帰るか……）

そう思いつつ空を見上げると、綿のような雲が東へと流れていた。

風が吹くまま流れるままに始めた旅の結末は、糞(くそ)ったれたものだった。

終章　待っていた人たち

求馬が江戸に戻ったのは、春がいよいよ終わりを告げ、長雨の季節になろうかという頃だった。

連日の雨のせいで、中山道の帰り道に難渋し、往路のほぼ倍の日数を要してしまっていたのだ。

勿論（もちろん）、求馬の足を重くしたのは、雨だけのせいではない。逸刀から受けた傷を癒（いや）さぬままに土師を発（た）ったのと、後味の悪い結末のせいだ。

嫌な苦みだけを残した今回の役目。逸刀の凶刃から、多くの命を守ったというのに、心は晴れないし、達成感も満足感も無い。この胸に去来するのは、どうしようもない無力感だけだった。

そんな重い足取りのまま向かった津島屋百蔵の寮で待っていたのは、田沼意知だった。

江戸に帰還したその足で向島を訪ねることは、蕨宿（わらびしゅく）で「それでは、あっしは一足早く江戸に入りやす。求馬様はゆるゆるとお戻りくだせい」と言った音若が伝えてくれたのだろう。

また、事のあらましや道中でのことも聞いたのか、出迎えた意知はいつになく神妙な面持ちで、求馬を迎え入れた。

「大変だったようだな」

津島屋の寮内にある、庭園の亭(ちん)である。薄汚れた恰好(かっこう)を遠慮して、求馬は屋敷に入らずに庭で話そうと誘ったのだ。

「色々ありました」

「……疲れたであろう」

意知がいつも以上に穏やかな口振りだった。気を遣わせているのがありありとわかる。それが申し訳なく、求馬は首を横に振った。

「大丈夫です」

「無理はしなくてもいい」

と、腕を組んだ意知は、「君に伝えた方がいいだろう」と草野家について語り出した。

「草野門弥が件(くだん)の豪農を潰(つぶ)し、莫大(ばくだい)な財を接収したようだ。理由は辻斬り事件の黒幕だそうだが」

「それは違います。断じて」

求馬は身を乗り出し、語気を荒らげた。

「あれは、草野門弥が仕組んだ謀事ですよ。中平一族を潰す為に、この機会を利用したのです」

「そうだろうな。門弥は優秀な男で、その才気が過ぎて狡知な一面もある。父などは、『きっと将来は公儀を支える大きな柱となる人材』などと言っているが」

「俺は嫌いです。あんな男が、意知様のご友人などと信じられません」

「これは手厳しい言い様だ」

と、意知は言葉を区切ると、軽く溜息を吐いた。

「しかしながら、間違いなく為政者の資質であろうとは思う。中平茂左衛門の首を斬ることで御家は豊かになり、その力は領民に還元されるであろう」

「罪なき者を陥れてもですか？」

「それが武士の論理だ。それに茂左衛門は罪なき者だったかもしれないが、その罪を作り出してしまった。証拠が無い以上、誰も門弥を糾弾出来ない。悲しいかな、これが政事なのだよ」

「糞ですね」

求馬は膝(ひざ)に置いた手を、固く握りしめていた。

あんまりだ、こんなこと。世の中が綺麗事(きれいごと)では済まないことは、十分にわかっている。わかっているはずなのに、怒りが抑えられない。

これでは、何の為に公儀御用役になったのかわからない。民の安寧の為、世直しの為、この剣を振るおうと決めた。その為に人殺しの業も背負うと覚悟をしたのだ。しかし、その剣が陰謀に利用されたのだ。これでは、この剣で茂左衛門の首を刎(は)ねたと同じではないか。

「というのが武士としての一般的な見解ではあるが、君の話を聞いて私も怒っているよ。そして、武士ではなく人間として、門弥を許せないと思う」

「それは」

「罪なき者を陥れるなど、絶対にあってはならない。何より君を苦しめたんだ。一発、いや五発は殴らないと気が済まない」

それから意知は、固く握りしめた求馬の拳(こぶし)に手を乗せ、ゆっくりと開かせた。

「私は自分の手を血で穢(けが)さず、君に人を斬らせる。そこに忸怩(じくじ)たる想いがある。そのせいで、君を苦しませていることも」

「そんな、これは俺が決めたことです」

「公儀御用役は高潔な精神と、難しい役目をこなす力量を要求される。ゆえに適任者が少なく、君に頼らざるを得ない事情もある。恨むのであれば、恨んでくれてもいい。だから、これからも私について来て欲しい」

意知は求馬から手を離すと、いつもの柔和な笑みを浮かべた。色白で育ちが良いのがわかる、貴公子然とした顔だった。

「他人を活かし、自分も生きる。それが俺が目指すべき剣、活人の剣であると俺はこの旅で悟りました」

「活人の剣。如何にも君らしいな」

「その剣を、公儀御用役として振るいます。もう二度と、茂左衛門のような者も出しません。それが俺の責任です」

求馬がそう言うと、意知が頷いてみせた。

「そうか。良かった。君がそのつもりなら、新たなお役目だ」

「え？　もうですか？」

「だって今、役目を続けると言ったじゃないか」

意知の人の良さそうな、柔和な笑顔が一転して、何とも悪賢い腹黒なものに見えてきた。この人は、やはり田沼意次の息子だ。

「これも世直しの一環だよ。君の助けを待っている人は多いからね」

「それで、今度は何なんですか？」

「とある藩が人材育成の一環で新たな藩校を開く計画が進んでいるらしく、そこに優秀な学者たちを招くのだという。しかし道中が心配で、私に凄腕(すごうで)の護衛をつけて欲しいと頼み込んできた。つまり用心棒だな。ああ当然、断ってもらっても構わない。他にも公儀御用役はいるし、君は帰還したばっかりだ」

「そうですよ。戻ったばっかりだというのに」

「そうだろう。だから無理とは言わないし、断ってもいい。だが蓮台寺までの道中なら慣れているだろうと、一応は君に声をかけたわけだ」

「蓮台寺」

　求馬は思わず立ち上がっていた。

　蓮台寺への旅。それはつまり、蓮台寺藩からの依頼。茉名さんだ。

「そうだが、それがどうした？」

「やります。やりますよ。当然です。やらせてください」

「ほほう、調子がいいな。だが出立はまだ先。準備もあるようでな。そんなことより、君がまずやることは、鵜殿と嫂(あによめ)に会って、無事を報告することだろう？　それに凪とかいう、お前が押し付けた娘も待っているらしいしな」

意知から凪の名が出て、求馬はハッと我に返った。

そうだ。凪を兄の屋敷に預けていたのだ。ということは、伊織はちゃんと凪を送り届けてくれたのか。

「まぁ、お前を心から心配している人たちだ。そうした存在がいることを、感謝せねばならぬぞ」

と、意知が視線を逸らして手を挙げた。

そこには、幼子の手を引いた男女が立っているのが、遠くに見えた。

「そうでした。兄上たちに凪のことを説明せねば」

求馬は意知に頭を下げると、自分を待っている人たちのところへ駆け出した。

今回の旅は、暗い影を落とすものだった。自分の無力さから、救うことが出来なかった者がいた。しかし、救えた者も僅かながらにいた。

その数を増やしたいならば、強くなるしかない。強くなって一人でも多く助けられる男になろうと、求馬は思った。

本書は書き下ろしです。

颯(さつ)の太刀(たち)

好敵手(こうてきしゅ)

筑前助広(ちくぜんすけひろ)

令和6年 12月25日　初版発行

発行者●山下直久

発行●株式会社KADOKAWA
〒102-8177　東京都千代田区富士見2-13-3
電話　0570-002-301（ナビダイヤル）

角川文庫 24466

印刷所●株式会社暁印刷
製本所●本間製本株式会社

表紙画●和田三造

●お問い合わせ
https://www.kadokawa.co.jp/（「お問い合わせ」へお進みください）
※内容によっては、お答えできない場合があります。
※サポートは日本国内のみとさせていただきます。
※Japanese text only

ISBN 978-4-04-115378-9　C0193

◇◇◇

角川文庫発刊に際して

角川源義

第二次世界大戦の敗北は、軍事力の敗北であった以上に、私たちの若い文化力の敗退であった。私たちの文化が戦争に対して如何に無力であり、単なるあだ花に過ぎなかったかを、私たちは身を以て体験し痛感した。西洋近代文化の摂取にとって、明治以後八十年の歳月は決して短かすぎたとは言えない。にもかかわらず、近代文化の伝統を確立し、自由な批判と柔軟な良識に富む文化層として自らを形成することに私たちは失敗して来た。そしてこれは、各層への文化の普及滲透を任務とする出版人の責任でもあった。

一九四五年以来、私たちは再び振出しに戻り、第一歩から踏み出すことを余儀なくされた。これは大きな不幸ではあるが、反面、これまでの混沌・未熟・歪曲の中にあった我が国の文化に秩序と確たる基礎を齎らすためには絶好の機会でもある。角川書店は、このような祖国の文化的危機にあたり、微力をも顧みず再建の礎石たるべき抱負と決意とをもって出発したが、ここに創立以来の念願を果すべく角川文庫を発刊する。これまで刊行されたあらゆる全集叢書文庫類の長所と短所とを検討し、古今東西の不朽の典籍を、良心的編集のもとに、廉価に、そして書架にふさわしい美本として、多くのひとびとに提供しようとする。しかし私たちは徒らに百科全書的な知識のジレッタントを作ることを目的とせず、あくまで祖国の文化に秩序と再建への道を示し、この文庫を角川書店の栄ある事業として、今後永久に継続発展せしめ、学芸と教養との殿堂として大成せんことを期したい。多くの読書子の愛情ある忠言と支持とによって、この希望と抱負とを完遂せしめられんことを願う。

一九四九年五月三日